L'INDE MYSTÉRIEUSE

PAR EM. LAUMANN

J. FERENCZI & FILS ÉDITEURS . PARIS

L'INDE MYSTÉRIEUSE

Volumes parus :

1. **L'AMAZONE DU MONT EVEREST**
Par JEAN DE LA HIRE.
Exceptionnellement : **0 fr. 75.**

2. **LES CHERCHEURS DE TRÉSORS**
Par JEAN BONNÉRY.

3. **LA MISSION DE QUATRE SAVANTS**
Par RENÉ TROTET DE BARGIS.

4. **PERDUS DANS LES SABLES BRULANTS**
Par FÉLIX LÉONNEC.

5. **LA COURSE AU MILLIARD**
Par GEORGES LE FAURE.

6. **L'HOMME QUI PEUT VIVRE DANS L'EAU**
Par JEAN DE LA HIRE.

7. **AOUDA LA GUERRIÈRE**
Par PAUL DARCY.

E.-M. LAUMANN

L'INDE MYSTÉRIEUSE

PARIS
J. FERENCZI & FILS, Éditeurs
9, rue Antoine-Chantin (14e)

1925

L'INDE MYSTÉRIEUSE

ROMAN D'AVENTURES INÉDIT

Par E.-M. LAUMANN

CHAPITRE PREMIER

LL VIEUX MONSIEUR

— Tiens, Roger !

— Georges !

Les deux exclamations se succédèrent devant le préposé au vestiaire qui attendait les vêtements, les cannes et les chapeaux. Les deux jeunes gens se serrèrent la main, et Roger risqua cette question :

— Tu attends du monde ?

— Non... C'est-à-dire...

— C'est-à-dire oui, mais tu fais le discret... et... elle est jolie ?

— Tu n'y es pas du tout, mon cher, je suis invité — tu vois que je ne te cache rien — par un inconnu, au salon n° 5.

— Tiens, fit Georges surpris, moi aussi.

— Comment, toi aussi ?

— Oui, j'ai reçu cette carte, tiens.

Et Georges tendit à son ami un bristol dont le format semblait plutôt celui d'une fiche que celui d'une carte d'invitation.

> M. Georges des Châteraies est prié à déjeuner chez Paillard, salon n° 5, le 10 février, à midi, par un ami inconnu, qui a des choses intéressantes à lui dire. M. des Châteraies a le plus grand intérêt à se rendre à cette invitation.

— Voilà qui est curieux, dit à son tour Roger en tirant son portefeuille, j'ai reçu une carte toute semblable à celle-ci ; vois.

En effet, les deux invitations étaient parfaitement identiques, d'une grosse écriture presque droite, très appuyée.

Les deux jeunes gens se regardèrent, tout interloqués.

— Qu'est-ce que cela veut dire ?

— Bast ! Arrive qui plante ! Montons, mais il y a gros à parier que ce n'est pas une jeune et jolie femme qui nous offre ces agapes que, le cas échéant, nous pourrons toujours refuser.

Ils montèrent. Au seuil du 5, un garçon les attendait ; il ouvrit la porte, s'effaça et les deux amis entrèrent.

Le salon était vide, mais, tout contre la fenêtre, une table royalement servie offrait seulement deux couverts et, sur le centre de cette table, appuyée contre les carafes à vin, une large enveloppe, d'un papier assez commun, faisait, au milieu de la splendeur des cristaux et du linge, une tache un peu grise.

Roger alla à cette enveloppe sur laquelle il lut :

« Pour MM. des Châteraies et Belroc. »

Il rompit l'enveloppe, et les deux jeunes

gens, penchés sur la feuille de papier que Roger tenait à la main, reconnurent l'écriture des deux invitations.

> « Messieurs,
>
> « Excusez un vieillard dont l'estomac refuse tout autre chose que le lait, mais il ne s'ensuit pas que le seul désir de vous offrir un modeste déjeuner l'ait conduit à vous réunir autour de cette table. Il viendra lui-même se joindre à vous à l'heure du cigare pour vous proposer — si, comme il le croit, vous êtes des hommes d'action, — le moyen de refaire vos fortunes. Attendez-moi vers deux heures. » B.

De nouveau, comme au bas de l'escalier, les deux jeunes hommes eurent une minute d'hésitation devant cette table accueillante, mais ce fut Georges qui, le premier, fit un pas de retraite :

— Où vas-tu ?

— Je m'en vais, je n'accepte pas à déjeuner dans ces conditions...

— Pourquoi, alors, es-tu venu jusqu'ici ?

— Je croyais...

— A une bonne fortune ? Moi aussi, nous sommes pipés tous les deux et le vieillard gagne la première manche, mais je veux gagner la seconde ; déjeunons, payons l'addition et voyons ce que nous veut ce personnage mal élevé.

— Soit, déjeunons, en effet, je ne serai pas fâché de lui dire que je n'aime pas les gens qui s'occupent de nos affaires.

Le repas fut de choix, le vieux monsieur avait fait la carte et elle était bien faite, Robert et Georges ne purent qu'en approuver l'ordonnance. C'était à la fois complet, délicat et excellent.

Bientôt, laissant de côté le vieux monsieur, les deux amis en arrivèrent aux souvenirs : beaucoup leur étaient communs. D'abord joyeux, ils devinrent mélancoliques, car beaucoup de prénoms féminins furent prononcés et chacun sait qu'un nom féminin est toujours précédé d'un regret ou suivi d'une espérance, quelquefois des deux.

Le dessert achevé, les deux jeunes gens réclamèrent l'addition, mais le maître d'hôtel se retrancha derrière des ordres : il ne devait rien recevoir ; ils durent se fâcher pour obtenir un petit bout de carton rectangulaire au bas duquel s'affirmait la logique d'une addition dont l'effronterie allait jusqu'à l'insolence ; ils payèrent, firent venir le café, les cigares et attendirent.

L'un et l'autre se sentirent plus à l'aise, une fois ce soin accompli. Quoique il advînt par la suite, ils gardaient leur liberté d'action et pouvaient, si la raison s'en faisait sentir, donner à l'inconnu une leçon de discrétion et de savoir-vivre

Elle eût été plus complète, si, une fois l'addition payée, ils fussent partis, le cigare au bec, faire un tour sur les boulevards, mais sans l'avouer, ils étaient tous deux mordus par une curiosité excessive et qui les forçait à rester là, aux ordres ou au désir de l'inconnu.

Nous pourrions affirmer qu'au premier coup de la deuxième heure, la porte s'ouvrit, cela tiendrait du prodige. En France, personne n'est exact : il était tout près du quart, vers trois heures, quand le vieux monsieur fit son entrée.

Les deux jeunes gens se levèrent. Il s'arrêta près du seuil, et tous trois s'observèrent un petit moment.

Roger et Georges étaient ce que sont tous les jeunes gens près de la trentaine, ils n'avaient non plus rien de romanesque ; quant à lui, le vieillard, il était tel que sont tous les vieillards, égrotant, légèrement voûté, mais, sous la couronne de cheveux blancs et soyeux qui faisait comme une tremblante auréole d'argent autour de son crâne, brillaient deux yeux vifs, inquisiteurs et jeunes. Vêtu selon le canon d'une mode surannée qui n'avait cependant rien de ridicule, ce fut aisément qu'il s'approcha, un sourire aux lèvres.

Roger lui avança un siège, le garçon lui prit son chapeau et s'esquiva.

— Messieurs, dit le vieillard, j'ai, comme M. de Fontenelle, l'habitude de boire beaucoup de café et de fumer de pas trop mauvais cigares, voulez-vous me permettre de vous servir l'un et l'autre et de vous offrir les autres ?

En même temps, il leur présenta un étui assez fatigué, mais dont le contenu était de choix, puis il emplit précautionneusement sa tasse de porcelaine et se mit à siroter la brune liqueur, pendant que les deux jeunes gens allumaient leur « corona ».

Le vieux monsieur poussa un soupir satisfait, croisa ses deux mains sur la pomme d'ivoire de sa canne et commença :

— Messieurs, je pourrais m'amuser à vous intriguer en vous racontant par le menu les différentes phases de vos existences, un peu tapageuses, mais, outre que cela ne vous ferait pas plaisir, je n'y éprouverais moi-même aucune espèce de satisfaction. J'aime mieux vous dire que je vous ai vus naître, que, depuis vingt-cinq ou trente ans, je vous suis pas à pas... Oh ! de loin, rassurez-vous. Je vous ai vus, avec chagrin, flamber tous deux une respectable fortune — feu de joie — dont les cendres ne vous ont laissé, à tous deux, qu'une dizaine de mille francs, avec lesquels, hélas ! on ne va pas loin... Cependant, j'ai l'intention de vous envoyer au bout du monde, mais ceci, nous en reparlerons.

Les deux jeunes gens se regardèrent, surpris et un peu décontenancés.

— Donc, continua le vieux monsieur, vous voici, bel et bien, après avoir loyalement et courageusement fait figure d'honnête homme à la guerre en passe de faire faillite, avec une centaine de mille francs de dettes, à peine ce qu'il faut aujourd'hui pour ne point mourir de faim ; avec ça, aucune espérance ! C'est charmant ! Etant donné ce rapide mais sûr exposé, j'ai tout lieu de supposer, vous connaissant, que vous avez l'intention de « claquer » vos derniers billets, avant de faire volontairement le saut final.

Roger fit un geste, sans signification précise ; le vieillard n'en tint pas compte, il continua :

— N'allez pas croire que je vais vous exposer des théories sur le suicide et vous dire qu'il constitue une lâcheté ; non, il faut du courage pour porter la main contre soi-même, mais il n'en reste pas moins aussi une flagrante imbécillité, et sentir que vous allez vous y croire acculés, me fait beaucoup de peine. J'ai été l'ami de vos pères à tous deux, ceci vous explique mon intervention.

— Oh ! rassurez-vous, fit-il, devant le geste que Georges fit à son tour, je n'ai pas le désir de vous acheter une conduite en payant vos dettes, j'ai mieux à faire que ça de mon argent, je compte même augmenter notablement ma petite fortune, grâce à vous.

— Tout d'abord, mon nom : Achille Bistouret. Achille, comme le fils de Thétis et Bistouret, comme tout le monde.

Les deux jeunes gens eurent un geste de surprise.

— Oui, mais oui, Achille Bistouret qui s'est rendu célèbre, à force d'être ennuyeux en échafaudant de copieux bouquins sur les religions et les mythes disparus — ceci admis, nous n'en reparlerons plus.

« Or, messieurs, pour écrire ces fameux livres, il m'a fallu voyager. J'ai donc parcouru à peu près tous les foyers de la civilisation religieuse. Pendant un séjour que je fis au Thibet, dans un couvent de lamas, j'ai découvert un manuscrit sanscrit, dont j'eus beaucoup de mal, malgré ma réputation de sanscritiste, à démêler d'abord le sens mystérieux, enfin, j'y suis parvenu... Mais — ceci vous avez dû en faire l'expérience — une joie ne va pas sans une peine. A peine venais-je d'acquérir la certitude que ma traduction était bonne et sans fautes, ni omissions, sans fausse interprétation d'un texte à dessein rendu obscur, que ce manuscrit me fût volé, à Bruxelles, par un savantasse allemand, lequel portait sans grâce et sans prestige l'uniforme d'un commandant de la Landwehr. Ceci avait pour excuse qu'on était au 7 septembre 1914 et que, à défaut de pendule, il se rabattait sur ce qui lui était tombé sous la main. Or, à l'heure actuelle, cet homme a pu démêler le sens général du manuscrit sanscrit et, pour l'instant, sous prétexte d'entomologie, il promène sa vilaine personne sous le ciel de l'Inde, à la recherche d'un trésor fabuleux, sur la trace duquel je veux vous mettre. Etes-vous hommes à refaire courageusement votre fortune ?

— Certes oui, firent ensemble les deux jeunes gens.

— Aux conditions que je vous imposerai... Oh ! soyez tranquilles, elles sont honorables.

— Nous acceptons, firent-ils, après s'être consultés du regard.

— Bon. Voici ces conditions : je suis resté

seul dans la vie, à part une petite-fille, fille de mon fils, restée orpheline de père et de mère il y a dix ans. Elle n'a que moi et, comme un sot égoïste, j'avais placé, bien avant cette époque tout mon bien en viager, c'est dire qu'après ma mort la pauvre enfant n'aura, pour vivre, que mes droits d'auteur, autant n'en point parler ; il eut un sourire où la finesse et la mélancolie se mêlaient. Or, la seule condition que je vous impose est celle-ci : quelle que soit la valeur du trésor sur la trace duquel je vais vous mettre à vos risques et périls, et il y en aura ; quelle que soit la valeur de ce trésor, il sera partagé en deux parties égales. La première sera pour ma petite-fille, la seconde pour vous. Si, pendant votre absence, je mourais, vous auriez affaire à Me Labroche, notaire à Paris, qui sera mis au courant de tout ceci.

« J'ai, en dehors des renseignements que je vous fournirai, peu de choses à vous offrir, autant dire rien. Simplement un prétexte à justifier vos recherches et vos fouilles : une mission officielle du ministère des Beaux-Arts et le crédit qui y est affecté, c'est-à-dire mille francs. C'est peu, me direz-vous, mais en ce moment la République est gênée et, de tout temps, elle s'est affermie comme une personne parcimonieuse... Est-ce entendu ?

— Mon Dieu, monsieur Bistouret, vous arrivez à un moment... dit Georges avec un sourire amusé.

— Je l'ai choisi, fit le vieillard avec un sourire non moins fougueux et dans le fond duquel il y avait aussi de la malice.

— Un moment, continua Roger, où nous aurions mauvaise grâce à refuser n'importe quelle planche de salut, fût-elle pourrie comme une nèfle. Nous acceptons donc avec reconnaissance.

— En ce cas, veuillez prendre connaissance de ceci.

Il déplia et tendit aux jeunes gens une feuille de papier.

C'était l'engagement qui les liait tous les trois à cette œuvre commune et sous les conditions que le vieillard avait énumérées.

« Nous soussignés, déclarons ce qui suit :

« MM. Georges de Châteraies et Roger Belroc, reconnaissent être, pour une mission scientifique à accomplir aux Indes, aux ordres de M. Achille Bistouret.

« Dans le cas où cette mission rapporterait une certaine somme d'argent ou tout autre chose présentant une valeur commerciale, cette valeur sera partagée en deux parties égales : l'une, remise à M. Achille Bistouret ou à son héritière. La deuxième partie sera, elle aussi, partagée en deux parties égales qui seront attribuées à MM. de Châteraies et Belroc. »

Roger et Georges signèrent après le vieux monsieur qui replia la feuille et la remit dans un volumineux portefeuille.

— Maintenant, messieurs, je vous attends demain soir à neuf heures, chez moi, 12, quai de Béthune ; je vous soumettrai copie du manuscrit et sa traduction ainsi que les itinéraires conduisant aux divers points que je soupçonne recéler le trésor de Siva, car c'est de ce Dieu millénaire qu'il s'agit.

En disant ce dernier mot, il sonna, et le garçon se présenta immédiatement.

— L'addition, je vous prie.

— Monsieur, ces messieurs ont payé.

Le vieillard eut un sourire bon enfant, il jeta sur la table une pièce de vingt francs :

— Alors, payez-vous de cette tasse de café. Au revoir, messieurs, à demain.

Les deux amis, rouges jusqu'aux oreilles, s'inclinèrent très bas, probablement pour cacher leur confusion ; le vieillard leur tendit la main et ils s'éloignèrent, encore tout éberlués par l'aventure.

CHAPITRE II

LE MANUSCRIT SANSCRIT

Quand ils furent dehors, un peu loin du lieu dont ils sortaient, les deux jeunes gens s'arrêtèrent pour se regarder. Jusqu'alors, ils avaient marché sans se dire un mot.

— Quelle aventure ! dit Georges.

— Oui, elle n'est pas ordinaire, lui répondit Roger, elle tient du conte de fées et du roman d'aventures : Deux jeunes gens sont à la côte, ils ont fait ce que ceux qui n'ont jamais eu vingt ans et mille francs appellent « des bêtises ». Ces deux jeunes gens n'ont plus rien à faire qu'à tirer leur chapeau à la société et à s'en aller, c'est alors qu'apparaît le bon génie, sous la forme d'un vieillard à guêtres blanches et à la redingote 1830...

« Il leur propose, continua Roger, d'aller chercher un trésor dont chacun d'eux aura le quart et, ma foi, comme il vaut tout de même mieux partir pour un voyage dont on revient que pour le voyage qu'ils allaient faire et dont on ne revient pas, ils acceptèrent.

Ils rirent tous deux de bon cœur. L'excellent déjeuner qu'ils venaient de faire, la perspective pleine de promesses qui s'ouvraient devant eux et qui leur rendait l'espoir sans lequel la vie n'est rien ou peu de chose, les rendaient joyeux.

— J'ai peu d'adieux à faire, dit Roger, je suis pour ainsi dire seul au monde.

— Moi aussi, confirma Georges, à part...

Il baissa un peu le ton, comme se parlant à lui-même.

— A part une jeune femme que j'ai quittée ou plutôt qui m'a quitté quand elle a vu que la famine allait sévir à mon bord.

— C'est curieux, fit remarquer son compagnon, en manière de constatation philosophique, c'est curieux comme les femmes ont cet instinct qui pousse aussi les rats à abandonner le vaisseau qui va sombrer. Ton histoire est exactement comme la mienne. Il y a trois jours, ma Dulcinée me jurait un amour éternel, rien ne devait le détruire, seule la mort, et encore, elle n'en était pas certaine, croyant en une autre vie. Avant-hier, comme je ne pouvais lui offrir un modeste collier de vingt mille, elle m'a fait comprendre que mon règne était fini, n'ayant jamais pu supporter l'idée qu'elle pourrait vivre avec un homme pour qui vingt mille francs semblaient être quelque chose. Ce mépris absolu de l'argent des autres a amené une rupture qui fut sans grâce, mais aussi sans larmes.

— All right, la somme de nos regrets ne nous fera pas d'excédents aux bagages, les choses sont mieux ainsi ; j'attends demain avec une réelle impatienec, j'imagine que ce vieux savant de Bistouret qui ne mange, ni ne boit comme personne, vit avec une vieille bonne grincheuse et piètre cuisinière, ce sera comme un avant-goût de ce qui nous attend.

— Je ne suis pas gourmand.

— Moi non plus, — je n'aime pas les ratatouilles.

— D'ailleurs, rassure-toi, Bistouret ne nous a pas invités à partager son repas.

— Ça viendra et c'est ce que je crains.

Ainsi, causant gaiement, car ils se reprenaient tous deux à aimer la vie, les deux jeunes gens ne se quittèrent que le soir.

. . . .

Le lendemain soir, dans le silence et l'ombre du quai de Béthune, les deux jeunes gens sonnaient à la porte de l'antique maison qu'habitait Achille Bistouret.

— Au premier, la porte en face, dit la concierge.

Comme ils l'avaient craint, c'était vraiment une antique maison ; l'escalier avait d'épaisses marches de chêne que ne couvrait aucun tapis et les murs, au lieu d'offrir aux yeux — plus surpris que charmés d'ordinaire — du similimarbre qui ressemble à de la galantine, étaient simplement revêtus d'une teinte unie, lisérée en haut comme en bas par une grecque d'un ton plus foncé, un bec de gaz brûlait dans une coupe de cristal, juste à côté de la porte qui leur avait été désignée.

Ce fut Georges qui sonna.

Chacun des deux jeunes hommes avait longuement réfléchi aux propositions étranges qui leur avaient été faites et, de part et d'autre, sans qu'ils s'en fussent rien communiqué, le résultat de ces réflexions fut identique : il fallait tenter l'aventure et s'y jeter tête baissée.

Une sonnette aigrelette tinta dans la vacuité d'un couloir ou d'une entrée, il y eut des pas légers et rapides, des pas plus lourds, puis la porte s'ouvrit.

La femme qui se présenta pour savoir ce qu'on voulait à son maître, eût certes trouvé plus d'avantages immédiats à cheminer en roulant plutôt qu'en marchant, mais cependant, elle s'effaça assez rapidement quand les jeunes gens se furent nommés et elle referma la porte derrière eux.

Ils se trouvèrent dans une entrée assez spacieuse qu'éclairait chichement un bec de veilleuse, ils eurent juste le temps d'entrevoir des têtes grimaçantes ou prodigieusement calmes et immobiles qui semblaient les regarder avec des yeux vides, mais leur examen fut d'autant superficiel que la femme de charge — c'en était sûrement une — ouvrit une autre porte et les deux visiteurs virent, dans un vaste cabinet, plein de livres, Achille Bistouret en personne, assis dans un bon fauteuil, devant une table surchargée de documents.

Il eut, en voyant ceux qu'il attendait, un geste accueillant.

— Bien le bonsoir, messieurs, vous êtes d'une exactitude royale. Marie, débarrassez ces messieurs, apportez du café, des liqueurs et mes cigares.

En un tournemain, Marie eut accompli ce qu'on lui demandait, mais les deux amis eurent cependant le temps de jeter un rapide coup d'œil autour d'eux. Ils se trouvaient dans une vaste pièce où couraient au long des murs, et jusqu'à hauteur d'homme, des rayons de chêne sombre, surchargés de belles reliures ; sur des stèles, dans les coins, parmi les quelques sièges qui meublaient cette salle, s'érigeaient, entières ou tronquées, des divinités venues de tous les points du globe, depuis les régions froides de l'extrême-nord habité, jusqu'aux idoles aztèques, indiennes ou africaines, d'écorce, d'ébène, de pierre ou de marbre, toutes voisinaient là, en une silencieuse et paisible cohabitation.

— Mes amis, dit Achille Bistouret en leur désignant des fauteuils, je ne reprendrai rien à la conversation que nous avons eue hier, votre présence ici prouve que cela est inutile, n'est-il pas vrai ?

— Parfaitement inutile, assura Roger, ce n'est qu'après réflexion que nous sommes venus nous mettre à votre disposition.

— Bien. Je vais, contrairement aux usages de la logique, commencer par la fin, ensuite je vous ferai une petite conférence sur les religions indoues, cela importe, ainsi qu'un tout petit cours d'histoire de ce même pays, après, vous en saurez assez pour marcher droit. Avec du courage, de l'intelligence et de la volonté, vous irez, je pense, jusqu'à la réussite. Le pire qu'il puisse vous arriver, en cours d'exécution, serait de perdre la vie, mais n'étiez-vous pas à deux doigts de le faire quand j'ai eu l'honneur de me présenter à vous ?

Georges et Roger saluèrent légèrement.

— Nous voici donc d'accord, continua Achille Bistouret, sur la fragilité de l'existence qui vous restait dévolue. Ce point réglé — car je tiens essentiellement à vous faire remarquer que je ne dénoue pas la question qui vous mettait face à face avec la mort — j'en recule un peu l'échéance, voilà tout.

Ils saluèrent de nouveau.

Bistouret continua après s'être à son tour légèrement incliné :

— Ce point réglé, entrons dans le vif du sujet.

« Voici d'abord le fac-similé du manuscrit sanscrit, je ne vous le montre qu'à titre de document, car l'original est en ce moment dans les sales mains d'un savantasse des bords de la Sprée, et je doute que cet individu me le rapporte jamais.

Il passa aux jeunes gens une feuille de papier plus longue que large, mais ni Roger ni Georges n'y purent voir autre chose que des caractères étranges, sans signification pour eux.

Ils rendirent la feuille à Achille Bistouret qui la jeta sur la table pour en prendre une autre.

— Voici maintenant, dit-il, la traduction de ce cryptogramme.

Entre la prière et l'épée
Quand Surjas, de son haleine,
aleugnira
Prithivi
Et
que l'arbre perdra son image

« Je continue :

Alors,
celui qui sera au fond de l'ombre bleue.
Quand
Varonnas
n'y sera plus,
celui-là il verra
la pierre.
Et
Jackochas
remettra ce qu'il tient de
Siva
au delà du Temple
du
Crépuscule.

— Tout ceci apparaît comme assez mystérieux, continua Bistouret avec un sourire, cependant c'est simple comme bonjour, mais mon erreur initiale a porté sur un point que j'ai été longtemps à découvrir, et cela faussait toute la compréhension ; ceci, d'ailleurs, importe peu et ne présente pour vous aucun intérêt.

« Arrivons donc à l'interprétation de cette traduction fidèle.

Entre la prière et l'épée.

— Ceci veut dire : Entre une forteresse et une pagode, car n'oublions pas que tout ce qui est offert de vérités à notre sagacité, se cache sous le masque du symbole.

Quand Surjas, de son haleine,

— Surjas, mes amis, c'est le soleil... je l'ai un instant confondu avec *Agnis*, c'est-à-dire le feu, et ce jour-là, je fus un cancre, comme, Dieu merci, il y en a peu. Donc, Surjas c'est le dieu du jour. Le soleil, « de son haleine ». Que peut être l'haleine du soleil, si ce n'est la chaleur, et quand vous saurez que Prithivi, c'est la terre, vous comprendrez la phrase :

Quand la terre sera aleugnie par la chaleur

Il s'agit donc de la saison sèche, du terrible été indien qui fend le sol et tarit les sources.

Et que l'arbre perdra son image

« Par image, entendez « reflet ou ombre », mais il ne s'agit pas d'un reflet qui reste existant tant que ce qui le produit subsiste, il faut donc s'en tenir à « ombre ». A quel moment celle-ci cesse-t-elle d'exister ? Quand le soleil est au zénith, c'est-à-dire à midi de la latitude.

« Voici toute la phrase reconstituée et nous savons par elle qu'il faut se trouver à midi entre une forteresse et une pagode, à un point que le cryptogramme ne précise pas, mais que je crois avoir trouvé. Tout ceci, comme je vous l'ai fait remarquer, est placé sous le symbole du soleil, ce qui suit est sous le stigmate de Varonnas, l'eau.

Alors
Celui-là qui sera au fond de l'ombre bleue

« Ceci peut vous rester obscur, mais si je continue à lire, je vois :

Quand Varonnas n'y sera plus

« Or, Varonnas, c'est l'eau, donc il faut qu'il n'y ait plus d'eau pour pouvoir se trouver au fond de l'ombre bleue. Il s'agit, et vous n'en douterez pas, d'une citerne ou d'un puits ; prenons un puits.

Celui-là, il verra la pierre

« Ah ! ah ! voilà qui devient captivant ! Considérons ceci sous son vrai jour, il s'agit bien d'une pierre, et cette pierre doit être marquée d'un signe ou d'un monogramme. Il faut la découvrir ; une fois découverte, la déplacer ou la faire jouer sur ses gonds. Les Indiens, messieurs sont de grands amateurs de pierres qui tournent, les temples souterrains des khmens, beaucoup d'autres de l'Inde védique et plus récemment le mausolée d'Akbar, érigé en 1489, avaient une chambre secrète close par une pierre tournante.

« La pierre est découverte, elle tourne et

Jackschas remettra ce qu'il tient de Siva.

« Jackschas, messieurs, c'est le demi-dieu préposé à la garde des trésors, et ce qu'il tient c'est ce Trésor de Siva !

Au delà du Temple du Crépuscule

« C'est-à-dire après avoir parcouru, après la pierre, un certain espace plongé dans une demi-obscurité et peut-être dans une obscurité plus profonde, à moins qu'il ne s'agisse d'un purgatoire ou d'un cimetière, ceci n'a pas été profondément étudié par moi, le herr doctor s'étant emparé du manuscrit au moment où j'allais réétudier cette phrase. Quoi qu'il en soit, messieurs, ce qui résulte de tout ceci est clair et ne peut donner lieu à une autre interprétation.

« Il y a quelque part, dans l'Inde, un immense trésor enfoui, voulez-vous le prendre ?

Les deux jeunes gens l'avaient écouté avec la plus vive attention. Le vieux savant qui s'y connaissait aussi bien dans l'étude des caractères humains que dans ceux qui expriment la pensée, crut qu'il les avait conquis et que, désormais, il jouait avec eux sur le velours.

Il se trompait un peu.

Georges et Roger l'avaient écouté, comme deux enfants écoutent un beau conte, peut-être n'étaient-ils pas encore au point où Bistouret croyait les avoir amenés.

CHAPITRE III

DE TOUT UN PEU

Achille Bistouret triomphait, ses petits yeux vifs frétillaient derrière ses lunettes d'écaille et d'un poing vigoureux il fourragea ses cheveux en déplaçant et en replaçant sa calotte de velours noir ; cependant, l'attitude réservée des deux jeunes gens — encore qu'il l'attendait enthousiaste — le ramena tout à coup à plus de sang-froid.

Ce fut Roger qui prit la parole :

— Monsieur, tout ce que vous venez de nous exposer est très clair, comme très clair aussi ce que vous avez dit de notre situation à Georges et à moi ; nous sommes, nous ne songeons pas à en nier l'évidence, à la veille de sauter le pas, mais nous avons vu la mort de trop près et trop souvent, pour ne point connaître son visage, il n'est pas pour nous faire reculer.

Bistouret s'inclina, affirmatif, mais du coin de l'œil il observa attentivement ces deux visiteurs, car il sentait venir les réticences.

— Nous avons, monsieur Bistouret, longuement réfléchi à votre proposition et il nous est apparu qu'un point reste obscur dans ce que vous venez de nous dire — non pas dans cette admirable traduction du manuscrit sanscrit — mais sur un fait de la plus haute importance à nos yeux : A qui appartient le trésor que vous nous offrez, monsieur Bistouret ?

Le savant eut un petit hochement de tête approbateur et un autre sourire ; il se leva, prit sa lampe et conduisit les deux amis en face d'une stèle. Sous le rayon lumineux se dressait une statuette de granit rouge, à la bouche énigmatique, aux yeux fendus en amande.

— Voici, messieurs, dit-il, le propriétaire du trésor enfoui. C'est Siva, l'un des principes de la Trimourti indoue, avec Brahma et Vishnou, l'une des trois formes de la trinité védique. C'est à lui qu'appartient le trésor rassemblé par ses fidèles et mis par eux sous la garde de Jackschas. Maintenant, messieurs, — et son œil s'alluma de malice, — permettez-moi d'attirer votre attention sur ce fait que le cryptogramme dit expressément : « Jackschas remettra ce qu'il tient. » Il s'agit là d'une action volontaire de ce Dieu ; on ne lui prendra pas, il remettra...

Le vieil homme se mit à rire franchement.

Allons, je vois que cette casuistique n'est pas de votre goût et vous avez raison, elle ne serait pas non plus du mien. Ne froncez pas le sourcil, je vous avoue que j'aurais été péniblement déçu si vous ne m'aviez pas présenté cette objection. Soyons sérieux et ne croyez pas que je veuille ergoter. Je n'ai pas dit : « Vous prendrez ce trésor... » j'ai dit : « Vous trouverez un trésor. » C'est tout différent. Ceci admis, vous savez que les lois françaises et anglaises reconnaissent la validité d'une trouvaille et qu'elles en règlent le partage. Ce partage s'effectue de la façon suivante, je crois. Une part aux ayants droit, une part à l'Etat sur le domaine duquel la trouvaille est faite, et la troisième part revient aux trouveurs. Cette part, messieurs, si je suis bien informé, et je crois l'être, cette part est suffisante pour éteindre les dettes d'un roi, à plus forte raison les vôtres ; même partagée, comme il a été convenu, il en restera assez à chacun de vous, la vie durant, pour faire figure de prince.

Il regagna sa place derrière la table et s'y installa, après avoir agité une petite sonnette d'argent.

Au bruit, une porte s'ouvrit, et les deux jeunes gens encore debout s'attendaient à voir réapparaître la grosse Marie, mais restèrent pétrifiés devant l'exquise apparition qui s'encadra entre les chambranles.

— C'est moi, grand-père, fit une voix câline.

— Ah !... Et Marie ? questionna le vieillard.

— Elle est montée dans sa chambre.

— Déjà ! Diable, serait-elle souffrante ? Mais non, je n'en crois rien ! Enfin, tu vas me donner du café et après tu seras présentée à ces messieurs. C'est ce que tu voulais !

— Oh ! grand-père !

— Ta ! ta ! ta ! Allons, va vite et reviens de même.

La porte se referma, mais Georges et Roger voyaient toujours cette grande jeune fille, à moitié ensevelie dans la pénombre, et toujours ils se sentaient sous le charme des admirables yeux qu'ils n'avaient fait qu'entrevoir. Ils revinrent à leur place pendant que le vieillard disait :

— C'est ma petite-fille, messieurs, ma petite Lise... Lisette ou Lison. Je l'appelle ainsi selon les circonstances. Lise, quand il me faut être sévère, Lisette quand c'est le grand-père qui parle et Lison quand je suis tout à fait de bonne humeur ; ce soir, elle sera Lise pour la punir de sa curiosité. Vous la verrez tout à l'heure ; oui, il faut que vous la voyez, alors vous comprendrez pourquoi je ne veux pas qu'un si doux visage soit assombri par le malheur ni par cette chose honteuse et déshonorante qui s'appelle la misère.

Le vieux Bistouret avait pris, pour exprimer la fin de sa pensée, une voix plus grave, on sentait que ses craintes lui étaient cruelles et que cette jeune fille, qui venait d'apparaître comme un rayon de lumière, était la dernière raison de la vie du vieillard.

Il y eut un petit silence, puis le vieux savant secouant ses pénibles pensées se réinstalla plus commodément dans son fauteuil et se pencha vers ses deux commensaux.

— Messieurs, nous allons laisser Lise nous apporter le café, car j'en ai encore assez long à vous dire, et la présence de cette enfant nous gênerait.

La conversation allait prendre un tour plus général, quand la porte s'ouvrit, et la blanche apparition s'inscrivit de nouveau sous l'ombre de la porte, mais cette fois un pas de velours l'amena jusqu'à la table où elle posa une cafetière d'argent. Les deux jeunes hommes dévorèrent des yeux cette grâce glissante et tous deux, par la suite, furent d'accord pour convenir qu'elle en valait la peine.

Elle était grande, svelte, un lourd casque de cheveux châtain clair ombrageait son front un peu haut, la bouche petite avait un pli charmant, les yeux bien frangés de cils soyeux étaient pailletés d'or fauve, enfin le teint, d'une pâleur mate, chaude, ressortait, quand même éclatant, de la blancheur de la robe d'intérieur qui l'enveloppait de plis lourds.

Le vieillard se leva, les deux jeunes gens l'avaient fait dès le premier bruit à la porte.

— Messieurs, je vous présente ma petite-fille, Mlle Lise Bistouret ; ma chérie, je te présente, j'ai l'honneur de te présenter MM. Georges des Châteraies et Roger Belroc. Ce sont les fils de mes deux plus chers amis, depuis bien longtemps, hélas ! disparus. Tu reverras ces messieurs demain, ils viendront dîner, Maintenant, Lise, laisse-nous, nous avons à causer.

Lise, un peu peinée de n'être pas Lisette ou Lison, sentant que le grand-père n'était pas content qu'elle eût renvoyé la vieille Marie pour prendre sa place, salua les deux jeunes gens et s'éloigna.

— Eh bien, Lisette ? s'écria Bistouret d'un ton vraiment peiné.

La jeune fille revint vivement sur ses pas et tendit l'ivoire de son front au baiser paternel, puis, définitivement, elle s'en alla, mais Bistouret était content, il avait eu son baiser du soir.

Le bruit très doux d'une porte qui se fermait rendit à Roger comme à Georges les facultés nécessaires pour s'intéresser, autant que la raison le leur commandait — mais ceci ne reste pas très sûr — à ce que le vieil homme avait encore à leur dire.

Achille Bistouret leur tendit les cigares, avala une tasse de café et commença tout en s'enveloppant, tel un Dieu antique, de la fumée qu'il tirait copieusement de son cigare :

— Dès que j'eus à peu près démêlé d'une façon certaine ou à peu près certaine le sens général du cryptogramme, je commençai, non pas sur place — je n'étais plus en âge de voyager, — mais dans le silence des bibliothèques à chercher par hypothèses et déduction, à l'aide aussi des renseignements que je faisais venir, et de ceux que j'avais sous la main, l'endroit où ce trésor pouvait avoir été enfoui. Tout d'abord, ces recherches se trouvèrent singulièrement circonscrites en ce qu'il m'apparut jusqu'à l'évidence qu'il était inutile de descendre dans le passé au delà d'une certaine époque, relativement récente.

« Vous n'ignorez pas que la plus grande majorité des monuments védiques ont été construits avec des matériaux qui résistent peu aux ardentes chaleurs et aux humidités du climat. Quand je dis peu, entendez que tout est relatif et que ce peu, pour un monument, correspond à des milliers d'années. Avant cet ordre védique, presque disparu aujourd'hui, les monuments étaient construits en bois et partant encore plus fragiles. Cela, comme vous le voyez, m'assignait un point de repère dans le temps ; de plus, le parchemin, l'encre, la forme des caractères qui avaient servi à la confection du manuscrit ne devaient pas être vieux de plus de trois ou quatre siècles, plus récent même ; une misère, si l'on songe aux origines peut-être millénaires du trésor !

« Ce point fixé, une question se pose : Quelles sont, quelles peuvent être les raisons qui font que l'on cache un trésor ? La plus simple et la réponse la plus vraie est celle-ci : La crainte de voir emporter ce trésor par un ravisseur. Donc, c'est pour le soustraire à celui-ci qu'on le cache. Quel est ce ravisseur ? Nous pouvons l'ignorer, mais une chose est certaine, il est redoutable, car ce ne peut être qu'après avoir essayé de le combattre et de le réduire, que l'on songe à lui cacher ce qu'on veut lui soustraire.

« Quel est-il ? Etranger. Il est impossible d'admettre qu'il en soit autrement, car jamais un Indou n'osera porter la main sur ce qui appartient au Dieu qu'il révère. Il lui apporte des offrandes, il ne lui en prend pas, c'est donc devant une invasion étrangère que les prêtres de Siva ont cru devoir mettre, d'une façon très secrète, et connue de peu d'initiés, les biens du Dieu trinitaire à l'abri. Nous voici donc désormais en face d'une certitude. C'est une invasion étrangère qui a fait cacher le le trésor entre la Prière et l'Epée.

« Certes, dans l'Inde comme partout ailleurs, l'église s'appuie sur la force et les pagodes qui voisinent avec les forteresses ne manquent pas, seulement il y a pagode et pagode, comme il y a forteresse et forteresse, mais celles dont le manuscrit fait mention doivent être les plus importantes d'un territoire, d'un lieu sacré, but de pèlerinage, saint des saints, en quelque sorte, du monde sivaïste.

« Ceci m'a conduit à supposer d'abord, puis à la certitude ensuite, que l'enfouissement n'a eu lieu qu'au moment des grandes luttes que se livrèrent les Français et les Anglais en Inde, pour s'arracher la possession d'un lambeau de territoire. Cela, vous le voyez, circonscrit encore plus le champ de notre future action et quand je vous aurai dit qu'à Vellove ou Vellouv, dans le Carnatic, eurent lieu les luttes les plus acharnées, quand vous saurez que les Indous possédaient dans cette région une forteresse réputée inexpugnable et que, à côté des murailles de celle-ci, se dressait l'une des plus célèbres pagodes de Siva, vous en concluerez, comme moi, que ce sera là la première étape. C'est là, en effet, que les travaux que j'ai entrepris, que les renseignements que j'ai recueillis semblent aboutir, cependant, je ne devais pas m'en tenir à cette seule hypothèse et j'ai, partout où se dressent encore un temple, un fort, un fortin ou une forteresse, même ruinés, tracé un itinéraire raisonné qui peut, je ne vous le cache pas, vous conduire jusqu'aux plateaux thibétains. Vous aurez soixante-dix endroits à explorer, avec ces trois objectifs : une forteresse, une pagode, un puits. Vous parlez l'anglais, je le sais, vous avez même trouvé le temps de lire beaucoup et d'étudier un peu, ce ne sont pas des ignorants que j'envoie à Vellove.

« Il se peut que cette première étape soit la bonne ou qu'elle vous pousse jusqu'à la dernière ; dans cette crainte, j'ai rassemblé tous les documents, toutes les cartes qui peuvent vous être nécessaires, vous étudierez tout cela, sous ma direction, pendant une quinzaine.

— Jamais vous n'aurez eu d'élèves plus attentifs, dit Georges.

— Je les espère tels. J'arrive au dernier point de ce long discours préliminaire. Je vous ai dit que je vous aurais une mission officielle, je l'ai en poche. Il s'agit d'aller recueillir quelques matériaux que vous n'aurez qu'à demander à mes correspondants et à en prendre copie. Une somme de 10.000 francs est affectée à cette mission, j'y joins personnellement une somme pareille. De quoi disposez-vous ?

— Environ dix à quinze mille francs, peut-être vingt-cinq en vendant un tas de choses inutiles, dit Roger.

— A peu près autant, fit Georges, en grattant mes fonds de tiroirs.

— Voici donc à peu près soixante mille francs ; ce n'est pas beaucoup, mais, avec de la prudence, cela peut suffire. Maintenant, mes amis, écoutez-moi. Si vous ne trouvez rien autre que les matériaux qui font l'objet avoué du voyage, je ne pourrai rien faire de plus pour vous deux, il faut considérer dès cette heure que je vous offre une chance, sans plus. Si cette chance devient nulle, nous serons trois perdants... quatre, même, à avoir perdu la partie...

Ici, le vieillard soupira...

— Mais vous êtes jeunes, vous, des revanches vous sont permises, tandis que moi...

— Nous gagnerons cette partie, monsieur Bistouret. Il faut que nous la gagnions ! s'écria Georges.

— Oui, ajouta Roger, il le faut !

Achille Bistouret les enveloppa d'un regard aigu.

— Oui, dit-il, je crois que vous réussirez. Encore un mot. N'oubliez pas que vous êtes indivisibles autrement que par la mort. Agissez de concert ou séparément, je veux vous revoir ensemble. Il faudra me jurer que ni l'appât de richesses, ni la jalousie, ni rien de ce qui divise les hommes ne vous divisera pendant la durée de vos recherches.

— Il n'y a rien à craindre à cet égard, dit Georges. Roger et moi avons grandi côte à côte, peiné sur les mêmes champs de bataille et fait nos bêtises ensemble ; nous nous aimons d'ailleurs, rien ne nous séparera.

— Voilà qui est parfait, mes amis. Achille Bistouret se frotta les mains, geste qui lui était habituel quand il éprouvait du contentement.

« Il se fait tard, ajouta-t-il, en voici assez pour ce soir, revenez demain à huit heures, nous travaillerons et je vous dirai de quoi doit se composer le trésor.

. . . .

Quand ils se retrouvèrent dehors, les deux jeunes gens cheminèrent un instant en silence, ils rêvaient. D'instinct, comme tous les êtres épris de beauté, ils s'arrêtèrent à la pointe du quai, regardant l'eau paisible couler sous la nuit de velours.

— Elle vaut bien tous les trésors du monde, dit Georges.

— Elle vaut plus qu'eux, affirma Roger.

Parlaient-ils de Notre-Dame dont la hautaine et noble silhouette se découpait dans la nuit ou bien de cette jeune fille entrevue ?

Aucun d'eux ne fixa le doute de l'autre.

Mais, comme subitement bâillonnés par une sorte de pudeur, ils retombèrent dans leur rêverie dont un pas lointain les tira, ils reprirent leur marche et ne parlèrent plus que du Dieu trinitaire et des fabuleuses richesses qui leur étaient promises.

CHAPITRE IV

OU L'ON ENTREVOIT UN CERTAIN BONIN ET DIVERSES AUTRES CHOSES

Les deux jeunes gens se séparèrent à la pointe de l'île Saint-Louis, Roger estima que la nuit pouvait encore se prolonger et qu'on devait encore jouer dans un certain cercle où il était le bienvenu : il y alla ; quant à Georges, il regagna sa demeure.

L'un s'en allait dans le tumulte de la vie pour oublier la radieuse jeune fille entrevue, l'autre recherchait la solitude pour s'en souvenir.

Tous deux, d'ailleurs, étaient de caractère différent. Roger, un tantinet brutal et jouisseur, Georges rêveur et sentimental, au demeurant, tous deux hommes d'action.

Si la joie de vivre avait gaiement ruiné Roger, la première grosse douleur et la recherche d'un oubli difficile à venir de Georges en avait fait autant et tous deux étaient arrivés au même but par des chemins différents.

Des deux, Roger paraissait le plus apte à conduire l'aventure à bien. Très allant, indomptablement courageux, il aurait fait haute figure parmi les aventuriers que le Portugal jeta pour la première fois sur ce sol où sa destinée le conduisait.

Georges, d'un courage plus froid, plus réfléchi, doué de meilleures facultés de raisonnement, était également capable de sortir victorieux de cette tentative, mais par d'autres moyens infiniment moins brillants et moins bruyants aussi.

L'un et l'autre se complétaient, la nature les avaient peut-être attachés pour en faire un tout harmonique ; quoi qu'il en fût, ils étaient, bien que parfaitement dissemblables, absolument inséparables et ils avaient eu raison de dire que rien ne pouvait les séparer. Du moins tous deux le croyaient fermement.

Georges, comme tous les amoureux, et il l'était depuis la veille, s'éveilla de bonne heure ; il procédait à sa toilette quand son valet de chambre vint l'avertir qu'un homme était là qui demandait à le voir.

— Son nom ? réclama Georges qui flairait un créancier.

— Il ne l'a pas dit, mais seulement de dire à monsieur qu'il avait été du 116 A. L. au 1er G. 105.

— Ah ! c'est un gars de ma batterie ! Faites entrer.

Le domestique introduisit le visiteur qui s'arrêta net sur le seuil, joignit les talons et fit le salut militaire.

— Bonin !

— Soi-même, mon lieutenant ! Y en a des temps que j'vous cherche !

— Mais, mon vieux Bonin, je te croyais mort. Quand, tout à l'heure on m'a annoncé un du 116, je m'attendais bien à voir un ancien artiflot, mais vrai, pas toi !

Tout en parlant, Georges qui s'était précipité vers le nouveau venu lui serrait les mains ; on sentait du premier coup entre deux hommes une profonde et sincère amitié.

— Eh bien, non, mon lieut'nant, j'suis pas mort ! C'est pas la faute des Boches qui m'ont ramassé blessé et emmené, ce qui fait que j'ai connu la béatitude des camps de prisonniers et la limpidité des ciels de la Bochie. N'importe, me v'là bigrement content.

— Moi aussi, mon vieux Bonin, je suis content de te voir, en avons-nous assez bouffé du singe ensemble !

Oui, on peut dire qu'on en a vu ; ça fait rien, j'suis bigrement content. J'vous cherchais comme une « anguille » dans une « botte de coings » et j'pouvais pas vous mettre la main dessus. J'avais bien cherché dans l'Bottin, mais bernique ! Enfin, une postière a cherché pour moi dans le tout Paris, elle m'a donné votre adresse, j'ai ensuite donné votre ancienne adresse, puis les autres, à la file ; c'est pas pour dire, mais vrai, vous déménagez souvent.

— Qu'est-ce que tu veux, Bonin, c'est comme là-bas, il y a de bons et de mauvais secteurs ; présentement, je suis dans un mauvais secteur, mais ça va changer. Voyons, attends-moi, nous descendrons ensemble, je t'inviterais bien à déjeuner, mais, aujourd'hui, je suis moi-même invité à une cérémonie analogue.

— Ça va, mon lieutenant, on est de revue.

Tout en achevant de se vêtir, Georges interrogeait son ancien artilleur.

— Et qu'est-ce que tu fais ? Es-tu content ?

— J'suis content d' vous avoir retrouvé, mais pas du reste.

— Qu'est-ce qu'il y a ?

— Y a que vraiment j' croyais que la vie serait plus facile. On a assez peiné, assez trimé, on pouvait croire que c'est fini, eh bien, c'est pas vrai, ça continue.

— Qu'est-ce que tu faisais, dans l' civil ?

— Des tas d'choses : peintre, machiniste, mécano, tous les fourbis, quoi !

— Et tu es à la côte ?

— En plein, sur le sable !

— Eh bien, mon vieux Bonin, je suis là.

— Ah ! non, mon lieutenant, j'suis pas venu pour ça, j' voulais vous voir simplement, et puis j'me disais que mon lieut'nant pourrait peut-être me donner un tuyau.

Georges réfléchissait.

Ce Bonin, il l'avait connu en 14, à Vincennes, au 116e d'artillerie lourde, au lendemain de la déclaration de guerre, simple artilleur, un peu mauvaise tête, répondeur, mais débrouillard et courageux. Il s'était révélé, sous des dehors un peu vulgaires, bon et dévoué comme un chien, son bagout parisien cachait une âme généreuse, un cœur d'or. Vite Georges l'avait jugé et tantôt en lui rendant la bride, tantôt en la lui faisant sentir, l'avait maté et finalement conquis. Bonin ne voyait plus que par lui.

— Ecoute, mon vieux Bonin, il ne faut pas te désespérer, ça s'arrangera, je vais m'occuper de toi ; en attendant, tu vas me faire le plaisir de prendre ce billet de cent francs... Quoi ?... Service commandé, tu entends, tu iras déjeuner et dîner avec ça, puis tu reviendras m'attendre ici sur le coup de dix heures du soir. A propos, es-tu marié ?

— Non, mon lieut'nant, j' vous ai dit qu'on m'a cru mort, tout comme vous l'avez cru vous-même, alors... vous comprenez.

— On ne t'a pas attendu, mon pauvre vieux !

— Bast ! dit Bonin, elle a eu raison. Quoi que je lui offrirais à manger aujourd'hui ?... N'importe, c'est dur... Alors, j'viens ce soir ?

— Absolument, maintenant je suis prêt, descendons, il est huit heures moins vingt et je suis attendu à huit heures.

En route, les deux hommes échangèrent encore quelques souvenirs.

— Te souviens-tu, Bonin, de cette semaine où l'Intendance nous avait oubliés ? sans toi, on serait morts de faim !

— Partout où il y a des patates, y a d'quoi vivre.

— Oui, mais ces patates étaient dans un champ que les Boches arrosaient copieusement, ce qui ne t'empêchait pas d'aller les chercher, la nuit venue.

— Bast ! que ne ferait-on pas, quand on a la faim aux dents. Mais z'ont pas été chouettes, ceux-là du gouvernement, les « Baveux », z'auraient bien pu voter des lois qui auraient donné du travail à tous ceux qui revenaient d'en mettre un bon coup. Mais les « Baveux » z'ont pas changé, y perdent leur temps en paroles et nous autres on est chocolat. Et vous, mon lieut'nant, quoi que vous faites, dans le civil ?

— De la peine, mon pauvre Bonin, mais le vent va changer, et s'il change pour moi, il changera aussi pour toi. Je n'oublie pas que tu m'as ramassé blessé, chargé sur tes épaules et conduit à l'abri en risquant cent fois ta vie.

— C'est pas des trucs à se souvenir, vous en auriez fait autant pour moi.

— Peut-être ! Ça dépend.

— Oui, y a des jours où on a les foies.

Ainsi, évoquant un passé qui les avait fait s'estimer et s'aimer l'un et l'autre, les deux hommes arrivèrent au quai de Béthune.

Georges tendit la main à Bonin.

— A ce soir, vieux, n'oublie pas.

— Y a pas d'erreur, mon lieut'nant.

Achille Bistouret attendait les deux jeunes gens et les accueillit avec une cordialité charmante. Comme tous les vieillards, il lui fallait peu de sommeil, et à cinq heures du matin il était sur pied, étalant des cartes, atteignant des volumes, classant des notes, des feuillets. La fièvre de l'organisation lui battait aux artères et pour un temps il semblait avoir recouvré une partie de sa vaillance d'autrefois. Quand Georges et Roger se présentèrent, il avait terminé et s'essuyait le front à l'aide d'un grand foulard.

Toute la matinée se passa à l'étude des cartes, des itinéraires. Reclus, Rousselet, Jacolliot, Barth et *tutti quanti* furent tour à tour appelés en témoignage ; bref, vers le premier coup de midi, les futurs aventuriers savaient à peu près suffisamment où ils allaient et ce qu'ils rencontreraient en cours de route. Achille Bistouret était fébrile, l'heure du déjeuner le surprit et le mécontenta ; si on l'eût écouté, on aurait ainsi voyagé par la pensée jusque très avant dans la nuit, sans aucune halte, mais la vieille Marie et sa jeune maîtresse ne l'entendaient pas ainsi. Midi était midi et il fallait se mettre à table.

Georges et Roger soupiraient après cette heure, car ils n'ignoraient pas que la jeune fille serait là, à cette table où ils allaient aussi s'asseoir et quand, ingénument, Bistouret leur demanda s'ils avaient faim, ils proclamèrent tous deux qu'ils en mouraient.

Très calme, un peu distante, quoique d'une politesse amène, sans l'ombre d'une curiosité, la jeune fille fit, en vraie maîtresse de maison, les honneurs de la table. Elle ignorait le pourquoi de la présence des deux jeunes gens, mais souvent, elle avait ainsi reçu des amis de son grand-père, des savants venus de tous les points du monde : les uns jeunes, les autres vieux ; pour tous, elle avait essayé de faire l'heure du repas une heure de détente et de repos, elle ne faillit pas à ce devoir, et fut charmante, bien qu'elle se sentît dévorée par ces deux paires d'yeux masculins qui avaient tant de mal à cacher leur émoi.

Comme les médecins s'étaient une fois trouvés d'accord en prescrivant à Bistouret une heure de repos après les principaux repas, elle entraîna ses invités dans un minuscule et clair salon dont les deux fenêtres donnaient sur l'admirable perspective de la Seine, et fit une heure de musique. Beethoven, Chopin, Berlioz, Schubert et Schumann chantèrent sous les mains savantes. Les deux jeunes hommes étaient mélomanes avertis ; attentifs, muets, douloureux au fond d'eux-mêmes, ils songèrent que le bonheur que la main a manqué est toujours le plus grand des bonheurs. Ils en ressentaient une profonde amertume, mais l'espérance ne reste-t-elle pas au fond de tout cœur humain même du plus désespéré, et l'espérance chantait en eux.

Qu'ils tiennent seulement cette fortune qui miroitait là-bas, dans la jungle, parmi des ruines et l'on verrait bien.

Mais Achille Bistouret, ponctuel comme une horloge, les ramena au premier coup de deux heures dans son vaste cabinet, et les leçons se poursuivirent.

Elles se terminèrent par une causerie.

— Vous allez, leur dit-il, mettre pour la première fois le pied dans un pays où j'ai vécu dix ans sans apprendre à en connaître l'âme. Vous allez, vous le savez, coudoyer la plus vieille race du globe, la foule innombrable de ses Dieux, ses préjugés, ses croyances, même les plus absurdes ; partout vous serez dans le mystère, il n'est pas seulement dans l'ombre violette des temples et des pagodes, il est aussi dans l'âme de ceux que vous rencontrerez, du rajah au plus vil des individus hors caste. Méfiez-vous encore plus de vous-mêmes que d'eux. Ne pénétrez pas là où l'on vous ferme la porte, ne foulez pas l'herbe du champ d'un villageois, ne marchez pas dans son ombre, ne regardez pas sa femme, ne caressez pas son enfant, car tout cela jette des charmes mauvais. Prenez garde : à chacun de vos pas, à chacune de vos actions, l'ami de la minute précédente peut devenir l'ennemi soudain.

Attentifs, ils écoutaient, prenaient des notes, des références.

Enfin, Achille Bistouret entama le chapitre trésor.

— Si, dit-il, tout ce qui a disparu de la circulation des choses précieuses se retrouve là, il y a de quoi charger un transatlantique depuis sa cale jusqu'au ras du pont. Bien entendu, je ne connais pas le détail de toutes ces merveilles, mais les premiers Portugais qui débarquèrent aux Indes au commencement du XVIe siècle, mentionnent la disparition d'une statue de Siva, en argent massif, haute de deux mètres. Elle tient sur ses genoux ses deux épouses, les déesses Parvati et Ganesa en or massif, hautes de un mètre. Les yeux des trois idoles sont constitués par des diamants, dont ils estimèrent le poids à 100 carats. Derrière ce Siva, qui frappa par sa munificence l'esprit des envahisseurs, se dresse la roue de flammes, constituée, elle aussi d'or pur constellé de diamants, de rubis et de topazes. Le tout, dirait un juif antiquaire, vaut dans les trois ou quatre millions. Il se pourrait aussi qu'on retrouvât une représentation du Dieu trinitaire sous ses trois espèces, également en or pur, — on attribue à celui-là une hauteur totale de trois mètres, — enfin, toutes les statuettes, les symboles, les perles, les matières précieuses qui constituaient les richesses des temples, semés sur le chemin des invasions. Ces temples ont été démolis, brûlés, mais il est avéré que les prêtres qui les servaient les avaient déménagés avant leur destruction ; ceux qui n'ont pu l'être totalement ont été, du moins, dépouillés de leurs matières les plus précieuses, et sous leur plus petite apparence, pour être transportées dans ce dernier, et le plus saint des refuges.

« Si nous suivons les invasions successives dans les routes qu'elles ont parcourues, et si nous admettons, comme il faut le faire, que les porteurs des trésors fuyaient devant les envahisseurs, nous verrons que les premières grandes invasions, qu'elles vinssent du Nord, de la Perse, ou de la Russie et de la Chine, nous verrons, dis-je, que ces routes aboutissent aux mêmes points Vellove ou Pondichéry, en bordure de la mer.

« Là, la fuite pour les opprimés n'était plus possible, c'est donc dans ces environs qu'il nous faut chercher ce que nous cherchons.

— Ne pourrait-on admettre que le temple réceptacle soit au contraire situé dans l'intérieur du pays ? demanda Georges.

— Si, on peut l'admettre, continua Bistouret, mais il faudrait pour cela admettre aussi des circonstances qui me paraissent improbables. Je les ai pourtant prévues, c'est pourquoi j'ai dressé un itinéraire qui va de Vellove jusqu'au Thibet, et un petit crochet jusqu'à Pondichéry.

« Ma conviction demeure qu'à Vellove ou aux environs devait exister un grand temple aujourd'hui disparu. En tout cas, il y avait, là aussi, une forteresse.

Pendant encore des heures, le vieux savant devant les deux jeunes hommes, de plus en plus attentifs, développa ses arguments.

Les six coups de six heures tintèrent dans le cabinet, alors, la porte s'ouvrit et Lise apparut.

— Il est six heures, grand-père.

Le vieillard eut un geste d'impatience.

Mais la jeune fille n'en tint aucun compte, elle avança de deux pas dans le cabinet et dit, en s'adressant à Georges et à Roger :

— Messieurs, mon grand-père ne doit pas travailler plus de sept à huit heures par jour, il y a huit heures qu'il vous parle sans arrêt, je dois veiller sur sa santé.

Les deux jeunes gens se levèrent.

— Ah ! Lison ! Lison ! dit Bistouret avec un peu de chagrin.

Mais la jeune fille vint à lui et le fit se lever.

Cependant, il prit encore le temps de charger les deux amis de livres, de notes, de cartes, puis il les renvoya, leur donnant un autre rendez-vous à huit jours de là.

CHAPITRE V

BONIN

Bonin n'avait qu'une parole, Georges le trouva benoîtement assis dans un fauteuil près d'un petit guéridon sur lequel s'étalait un tas de billets et quelques pièces d'argent.

C'était la monnaie du billet de cent francs ; il y avait exactement quatre-vingt-dix francs, les deux repas avaient coûté le reste. Georges eut un sourire mélancolique et un haussement d'épaules devant cette probité excessive, mais il ne dit rien.

En le voyant entrer, Bonin se leva.

— A vos ordres, mon lieutenant !

— Alors, prends-moi ça, tous ces bouquins qu'il faut que je dévore et assieds-toi... Un verre de fine, Bonin ?

— Comme vous voudrez, mon lieutenant.

— Alors, sers-nous et causons. J'ai beaucoup pensé à toi depuis que je t'ai quitté ; cela m'ennuie de te savoir à la côte, et j'ai pensé au moyen de te remettre à flots. Voyons, si nous admettions que nous sommes encore en face des Boches, derrière nos canons, voudrais-tu être mon ordonnance ?

— Et comment ! Ah ! vous pourriez dire, mon lieut'nant, que vous en auriez une de première, d'ordonnance !

— Eh bien, Bonin, c'est à peu près ça que je vais te demander. Je suis sur le point de partir aux Indes, avec un ami, pour faire des choses délicates et difficiles. Il me faut un gars débrouillard, intelligent, pas trop mauvaise tête et qui sache se rendre utile de mille manières.

— Ça, je peux.

— Je sais. Enfin, un gars sur lequel on puisse compter en tout et pour tout, pas épateur, pas chapardeur, obéissant, sobre, enfin sage comme une image.

— Ça va... oui, je sais, là-bas, l' pinard coulait à flots, mais quand, pendant des jours et des nuits, on avait eu la tête secouée comme un grelot par les explosions, les éclatements, le reste, on était bien excusables de vouloir la remettre d'aplomb, en y mettant un peu d'alcool ; mais, de nature, j'suis pas soiffard, et pour le reste, vous n'aurez pas de chien plus dévoué, plus obéissant.

— Alors, voici les conditions : voyage payé, logé, blanchi quand on pourra. Cent francs par mois pour peut-être deux années ; en cas de réussite, une somme importante, de quoi vivre tranquille jusqu'à la fin et de fonder une famille. Ça te va ?

Les yeux de Bonin resplendissaient de joie.

— C'est trop beau ! Ça serait encore cent fois moins beau que j'accepterais avec joie. Pensez donc, mon lieutenant, savoir qu'on pourra s' coucher le soir et manger le lendemain pendant deux ans. C'est l' paradis sur la terre ! Si j'accepte ? Quand part-on ?

— Bientôt, mais cependant pas tout de suite. Dès maintenant tu entres en fonctions : mon valet de chambre, qui vient de sortir, ne rentre que demain matin, tu le congédieras en lui payant deux mois et en lui remettant le certificat que je vais lui faire. Dans dix jours, il faut que j'aie vendu tout ce qui est à vendre ici, tu t'en occuperas. Excepté les portraits et quelques bibelots auxquels je tiens et que je mettrai de côté, tout doit disparaître ; je m'accorde quarante-huit heures pour tranquilliser mes créanciers, et après, au travail.

— Alors, on va aux Indes ?

— Oui, Bonin.

— Dites-moi, mon lieut'nant, les Indes, c'est-y le pays des moukères ?

— Non, c'est le pays des bayadères, mais cela est sacré, Bonin. Attention !

— On s'en souviendra, mon lieut'nant.

Le lendemain, Bonin avait liquidé le valet

de chambre, en ne lui payant qu'un mois parce qu'il avait trouvé dans sa malle quatre chemises, six cravates, douze mouchoirs et dix huit faux cols à son lieutenant. Huit jours après, l'infatigable Bonin avait, selon son expression, « lavé » tout ce qui était à vendre et en avait tiré vingt mille francs ; tout cela était parfait, mais ce qui était mieux encore, c'est qu'il avait loué dans une maison du voisinage une pièce où il avait rassemblé tout ce que voulait garder son lieutenant, puis il en avait fermé et cloué la porte. Désormais, il était tranquille.

Le départ était fixé pour la première huitaine de janvier. Dans l'esprit de Bistouret, les deux jeunes gens devaient débarquer à Madras et là, tout en étudiant le pays et surtout Villemore, attendre la plus longue saison sèche, au moment où les rizières sont privées d'eau et les puits à sec pour commencer effectivement leurs recherches.

Depuis leur seconde visite chez Bistouret où ils retournèrent souvent, les deux jeunes gens avaient subi une sorte de transformation radicale. Aucun d'eux ne parlait de la jeune fille parce que chacun d'eux y pensait toujours. Pas une minute de leur temps n'avait été distraite de cette unique pensée.

Malgré leurs préoccupations, l'image chérie se dressait dans leur pensée.

Elle était là, radieuse, jolie, recélant en elle toutes les joies du foyer, promettant la vie heureuse à chacun d'eux.

Cela devait faire un terrible antagonisme. Georges et Roger furent conviés à dîner le 31 décembre, mais le terrible Bistouret avait prévenu les deux jeunes gens qu'il y aurait d'autres convives et que, après le dernier coup de minuit la fête prendrait fin.

Chacun des deux jeunes gens comprit que le vieux savant ne leur laissait aucune chance de s'isoler avec Lise, mais ils ne se firent aucune confidence à cet égard car tous deux évitaient de parler de la jeune fille.

La soirée fut pour eux un enchantement ; jamais Lise ne s'était montrée si captivante, si pleine de toutes les grâces de la jeunesse.

Une douzaine de convives étaient autour de cette table sur laquelle Marie faisait se succéder des trésors culinaires. Après le repas, Lisette fit de la musique, chanta. Chacun des jeunes hommes avait du soleil et du désespoir plein le cœur.

Mais si l'un et l'autre caressaient l'espoir de pouvoir dire un mot, ne fût-ce qu'un seul, et le plus éternel des mots à Lise, Bistouret ruina cet espoir en les prenant aux épaules et en les attirant tous deux dans l'embrasure d'une fenêtre.

— Vous voici donc, mes amis, le pied dans l'étrier. Je vais, avant votre départ, vous remettre un paquet de lettres de recommandations, aussi bien pour les fonctionnaires français que pour les anglais. Partout, vous trouverez un accueil très aimable, mais sur lequel il ne vous faudra fonder aucune espérance. Ne demandez aucune faveur, ne faites aucune confidence sur le véritable but de votre voyage et que vos recherches semblent n'être qu'un à-côté du but avoué de votre voyage. Aussitôt après les premiers contacts gagnez Vellore et attendez là une lettre de moi. Je dois, aujourd'hui, vous dire que l'excellent Boche qui m'a volé le manuscrit sanscrit s'appelait Von Sachnussem, et que très probablement s'il en a démêlé le sens, vous le verrez se démener dans les mêmes conditions que vous ou à peu près ; en ce cas, méfiez-vous, méfiez-vous bien.

Enfin, les premiers coups de minuit sonnèrent, un bouchon de champagne sauta, le vin pétilla dans les coupes et les vœux s'échangèrent.

Georges était près de la jeune fille.

— Mademoiselle, dit-il, permettez-moi, non pas tant de boire à votre bonheur, que je souhaite très grand, mais au bonheur que vous tenez pour qui en sera digne.

— Je vous remercie, dit Lisette, un peu surprise.

Puis, elle ajouta :

— Je bois également au vôtre, monsieur, très sincèrement.

— Je m'en souviendrai, mademoiselle, un jour peut-être vous dirai-je de quoi ce bonheur peut être fait, et je vous rappellerai le vœu que vous avez formulé aujourd'hui.

Il s'inclinait encore quand Bistouret prit la parole.

— Messieurs, nous boirons à nos amis, MM. Belroc et Châteraies qui, demain, vont partir pour l'antique terre des Indes. Que nos libations s'adressent à Ganesa, Dieu de la sagesse et des entreprises heureuses. Que les quatorze esprits célestes veillent sur eux et sur leur entreprise.

Le toast fut porté. A partir de ce moment, et jusqu'à celui du départ, les deux jeunes gens furent accaparés par chacun des convives qui, comme par hasard, avaient une petite commission à faire au pays des Rajahs. Tel sollicita qu'on lui rapportât telle chose qu'il ne pouvait faire venir de l'entomologiste de la compagnie alla jusqu'à demander que les voyageurs lui rapportassent une Taphozons-Melanopogai, ou chauve-souris, glapissante et vivante, s'il était possible.

Deux heures allaient sonner — on devait se séparer à minuit au plus tard ! On se sépara. Roger et Georges regagnèrent l'hôtel qu'ils habitaient en commun pour pouvoir travailler ensemble et où Bonin avait également élu domicile, mais pour une autre raison, plus sentimentale, celle-là.

Il ne voulait à aucun prix quitter son lieutenant, il s'y était attaché, comme une moule sur un rocher.

En souhaitant le bonsoir à son grand-père, la jeune fille n'eût pas été femme si elle ne s'était inquiétée de savoir le but du voyage des deux jeunes hommes. Bistouret s'entoura de mystère et ne lui répondit que par cette phrase ambiguë :

— Ils vont vous chercher une dot, mademoiselle.

Plus tard, dans ses vêtements de nuit, la jeune fille songeuse, écartant les rideaux de sa chambre, regarda longtemps la nuit profonde et mystérieuse.

— Lequel, pensait-elle ?

L'amour rôdait.

Elle poussa un soupir, le rideau retomba et bientôt le silence et l'ombre ouatènent ses rêves.

Le londemain vers trois heures, Achille Bistouret pensa avoir une syncope en lisant une carte de visite que lui apporta la vieille Marie.

VON SACHNUSSEM

CORRESPONDANT DE PLUSIEURS ACADÉMIES SAVANTES

sollicite du grand savant Achille Bistouret un moment d'entretien.

Le premier geste de Bistouret fut de s'emparer des pincettes pour recevoir le quidam, mais il réfléchit qu'il y perdrait de savoir ce qui l'amenait et donna l'ordre de l'introduire.

Le major Von Sachnussem était un homme courtaud et tout rond, à lunettes d'or, toute sa grosse personne respirait la bonhomie, mais derrière les lunettes veillait un regard plein d'astuce et de fausseté.

Il s'avança rondement, la main presque tendue, mais il n'acheva pas ce geste, tant l'attitude de Bistouret restait froide et distante.

— Monsieur, dit-il, che fiens vous rentre un bedit barchemin emborté par erreur dans la hâte du débart, au moment de cette terriple guerre... C'est, je grois, un fragment de manuscrit sanscrit... le foici...

Bistouret inclina la tête.

L'ex-major posa respectueusement le parchemin sur la table ; d'un coup d'œil, Bistouret le reconnut, puis, après un instant d'embarras que Von Sachnussem essaya de meubler à l'aide d'un sourire, il reprit :

— Le sens en est gaché... obscur... Je grois afoir démêlé le brincipal, mais bas tout en entier... Alors, j'ai bensé que, au nom de la Science...

Au nom de la science, Bistouret prit cette fois les pincettes et montra la porte. Von Sachnussem eut un geste de colère, mais, devant l'attitude résolue du vieillard, il comprit. Reprenant son chapeau, il s'en alla, toujours roulant, jusqu'à la porte ; sur le seuil, il s'arrêta.

— Je bars demain pour l'Inde, principalement pour Vellore, si vous afez des gommissions...

Puis il eut un gros rire, et la porte se ferma.

CHAPITRE VI

OU L'ON FAIT CONNAISSANCE AVEC VON SACHNUSSEM

Le docteur — docteur en quoi ? lui-même aurait été bien embarrassé de le dire — le docteur Von Sachnussem n'était pas un homme ordinaire.

Nourri d'une nourriture intellectuelle, compacte et lourde, qu'il avait mal digérée, il se savait notoirement insuffisant en toute chose, mais comme il avait en même temps un orgueil hypertrophié, il adorait les compliments, les assentiments ; ce qu'il ne savait pas, il l'empruntait froidement à autrui, sans jamais avouer son larcin.

Cependant, il avait le désir d'être quelqu'un et avec l'entêtement patient de sa race, il s'y appliquait avec un grand courage.

Habitant Paris en 1912 et 13, il se mit à suivre les cours de nos hautes écoles, et il avait pu, grâce à sa ténacité, grâce aussi à la complaisance de ceux qui l'entouraient, car il savait se montrer aimable et bon garçon, acquérir une teinture générale qui pouvait tromper les mieux avertis quand ils ne poussaient pas les choses trop au fond.

C'est ainsi qu'il paraissait assez documenté sur les antiques religions disparues et sur les races qui les avaient pratiquées ; en réalité, il se documentait chaque jour à l'aide de lectures bien choisies, et avait une mémoire prodigieuse. Ce qu'il avait appris, il le retenait bien, et pour toujours, mais il était incapable de l'interpréter ou de le faire servir à des initiatives personnelles ; ce fut à l'aide de ces subterfuges qu'il parvint à se glisser dans l'intimité de Bistouret et qu'il parvint à lui faire croire qu'il était digne de le comprendre.

Le vieux savant qui, un peu orgueilleux au fond, ne demandait pas mieux que d'avoir un auditeur attentif jusqu'à la servilité, se donna tout entier à cet étranger qui saurait rendre hommage au génie français.

Comme tous ceux qui sont nés sous le doux ciel de France, Bistouret était de prime saut et ne croyait pas qu'on pût faire le mal pour le seul plaisir de le faire ; lui qui n'avait jamais trompé personne, ne pouvait croire que des gens pussent trahir sa confiance qui était grande, presque ingénue.

Sachnussem n'eut donc aucune peine à cambrioler cette âme candide et à s'insinuer dans son intimité : il devint l'élève préféré de Bistouret. Celui-ci disait volontiers en parlant de lui :

— C'est un esprit lourd, mais cela n'est pas un défaut. Je préfère la pondération à la spontanéité ; les gens qui comprennent trop vite retiennent mal.

Si Bistouret le jugeait assez bien, quant à son esprit, il avait totalement négligé d'analyser cette âme enfermée dans un corps lourd et mal bâti.

Or, cette âme était pleine de ténèbres.

Le docteur Von Sachnussem n'était pas autre chose qu'un très vulgaire espion.

Des études ratées pour la plupart, le manque d'argent, le désir d'en avoir, l'avaient jeté naturellement et sans qu'il entrevît même l'ignominie de son action, dans les rangs de cette police occulte que le gouvernement impérial avait étendue sur le monde et c'était sous les aspects d'un paisible étudiant qu'il avait été envoyé en France.

Là-bas, sur les bords de la Sprée, encore qu'on ne lui accordât qu'une minime valeur, on se dit que, dans le monde savant, il pouvait recueillir des renseignements précieux, sinon militaires et si, dans la vie publique, on l'appelait Von Sachnussem, un von qu'il s'était d'ailleurs octroyé de son propre chef, il était connu là-bas sous un simple numéro.

Nous devons à la vérité de dire que, dans son genre, Sachnussem était un type précieux

— il ne laissait rien passer — et quand, vers le 1ᵉʳ août 1914, il put mettre la main sur le manuscrit sanscrit qu'étudiait Bistouret, il se dit que l'Académie des Langues savantes de Berlin serait heureuse d'avoir un pareil document et, comme, d'autre part, il avait des idées assez confuses sur la propriété et une tendance fâcheuse à croire sien tout ce qu'il convoitait, il envoya la chose à Berlin, en faisant accompagner cet envoi d'une longue lettre où il sollicitait l'honneur d'être nommé membre correspondant, en attendant mieux.

Quand Bistouret s'aperçut du larcin, il était trop tard, la guerre était déclarée et Sachnussem se trouvait, contre son goût, incorporé dans un régiment de marche.

Il fut de ceux qui crièrent avec le plus d'enthousiasme : « A Pariss ! A Pariss ! » car il comptait bien y entrer et mettre la main sur les collections et les manuscrits de Bistouret ; seulement, il n'avait pas prévu la Marne et encore moins la façon dont se terminerait la guerre.

Les choses étant cependant ainsi, Sachnussem, qui manquait autant le sens moral que de probité, se dit qu'en affectant beaucoup de repentir, en parlant de nécessités plus fortes que la volonté humaine, en jurant ses grands dieux que c'était d'un cœur saignant qu'il avait dû faire la guerre à la France, il avait encore chance de faire quelques dupes sur les rives de la Seine.

Et comme, à tout prendre, malgré l'épaisseur de son esprit, il nous connaissait bien, il n'hésita pas.

Quinze mois après la fin du conflit dramatique qui avait fait couler tant de sang, il bouclait sa valise et débarquait à Paris.

Pendant encore six mois qu'il employa à refréquenter les écoles, il se fit tolérer, mais il évita d'approcher Bistouret de trop près ; enfin, peu à peu, mais assez rapidement, il sentit que, de nouveau, il était admis. Alors, il se frotta les mains :

— Ah ! ces Français ! dit-il, des enfants, des frais enfants !

CHAPITRE VII

BONIN VOYAGE

Bonin, par goût, était sédentaire. Au temps de sa jeunesse, il n'avait pas dépassé Meudon.

La guerre lui découvrit la France, mais la façon dont il avait fait cette connaissance l'avait, croyait-il, guéri pour toujours de l'envie de voyager.

Mais, hélas ! il en devait faire l'expérience, la créature humaine n'a pas été faite pour suivre ses penchants, mais bien au contraire, pour être le jouet des événements et des circonstances.

Quand son lieutenant lui eut dit :

— Bonin, je t'emmène dans les Indes.

Il avait bondi de joie. La triste vie qu'il menait à Paris, vie de difficultés et de misères, lui avait fait une âme nouvelle et on lui aurait proposé d'aller dans la lune cueillir des champignons, il aurait de même accepté.

Cependant, quand il fut dans un coin de son wagon de deuxième classe et que celui-ci suivant sa machine eut dépassé les fortifications, Bonin se sentit pris d'un vague malaise.

Il regrettait Paris.

Non seulement il le regrettait, mais il craignait ce pays où il allait et qui lui apparaissait plein de traquenards et de fils barbelés.

Ce que lui en avait dit son lieutenant lui trottait dans la cervelle.

Il éprouvait une méfiance contre ce pays, si loin d'abord et où, ensuite, règnent des chaleurs accablantes ou des pluies torrentielles. Or, Bonin n'aimait ni suer, ni être mouillé. En outre, Georges lui avait, à grands traits, tracé l'histoire de ce pays et Bonin n'admettait pas qu'un peuple de 200 millions d'âmes se laisse gouverner par des étrangers ; il n'admettait pas non plus que des hommes de notre époque marchent courbés sous une multitude de dieux. Bonin, qui avait fait sa première communion, estimait qu'une religion était nécessaire, mais que tant de religions étaient inutiles ; en somme, sans regretter d'avoir suivi son lieutenant, il regrettait que l'expédition ne fût pas dirigée sur Bécon-les-Bruyères comme point extrême.

Ce fut bien autre chose quand il fut à bord du bateau anglais qui devait le conduire à Pondichéry. Personne ne parlait à bord le français et, à part quelques instants que Georges lui consacrait en faisant les cent pas sur le pont, il n'avait personne à qui causer ; sa seule distraction était de regarder l'horizon circulaire dans l'attente d'une terre où l'on pourrait mettre le pied.

— On n'sortira donc pas de ce baquet ! disait-il avec humeur.

Enfin, on en sortit.

Ils débarquèrent à Pondichéry où ils prirent deux journées de repos.

Bistouret, dans sa sollicitude, avait tout prévu. Par le bateau qui précédait celui où voyageaient les deux amis et Bonin, il avait envoyé des lettres de recommandation, ce qui fit que, dès leur arrivée, aussi bien du côté français que du côté anglais, les deux amis furent chaleureusement accueillis.

Les deux jeunes gens se montrèrent très adroits devant les curiosités que suscitèrent leur venue.

Ils ne se livrèrent qu'à moitié et firent facilement admettre qu'ils n'étaient venus dans l'Inde que pour y rechercher les éléments nécessaires à la reconstitution d'un des chants des Védas (1) disparu de l'ensemble des ma-

1. L'histoire ancienne de l'Inde est complètement obscure, car la littérature sanscrite ne possède pas d'ouvrages historiques. Les Védas sont des chroniques ayant un caractère mystique et étant plutôt de la poésie que de l'histoire. C'est la mythologie indoue, mais, comme en celle de la Grèce, sous des symboles obscurs on peut démêler une part de vérité et une peinture des mœurs.

N. S. P. A.

nuscrits originaux depuis le XII° siècle de notre ère.

Ils avaient, on le pense bien, depuis leur première entrevue avec Bistouret, travaillé ferme et ils en savaient assez pour donner le change et parler d'abondance sur ce sujet si spécial.

Peu à peu, ils organisèrent leur petite expédition et purent enfin prendre congé de ceux qui les avaient si aimablement accueillis.

Par les soins de Bonin, ils achetèrent une charrette longue, recouverte d'un toit de paille de riz, deux buffones qui furent confiés aux scins d'un vandicara (conducteur de char) ; deux soudras (esclaves), placés sous la surveillance de Bonin, qui, de ce fait, devint dabachi (chef des domestiques), complétèrent l'expédition, qui se mit en route au déclin du jour.

Il était temps !

Bonin, pourtant bien sage, avait failli déchaîner deux émeutes, l'une à Pondichéry, l'autre à Madras.

En bonne ménagère, Bonin aimait à faire son marché, il choisissait ce qui lui plaisait, payait à vue de nez et s'en revenait content. Or, un jour qu'il avait fait d'amples provisions végétales et que, d'un pas nonchalant, il musait, le nez au vent, en bon Parisien qu'il était, il se sentit violemment tiré en arrière ; il se retourna et se trouva face à face avec un buffle sacré, à la bosse peinte en bleu et dont la gueule baveuse mâchait encore les salades que Bonin portait dans son filet. Bonin, indigné, se jeta sur l'animal, celui-ci, surpris, meugla et prit la fuite ; il n'en fallut pas davantage pour que la foule, indignée, entourât Bonin ; déjà, il avait reçu un coup de bâton sur les épaules, quand un autre sahib (1), portant des lunettes d'or, s'interposa, en criant en tamoul quelques mots à la foule qui se calma, et Bonin fut reconduit jusqu'au bungalow qu'occupait son lieutenant par ce « Franguys » complaisant.

Bien entendu, Georges remercia l'homme aux lunettes qui se nomma : Sachnussem, voyageant comme entomologiste pour différents muséums.

La seconde aventure faillit plus mal tourner encore.

1. Sahib veut dire « Seigneur » et désigne un blanc.

Bonin, dans sa candeur, sachant désormais qu'il était un seigneur, se crut tout permis. Les « salams » (saluts) dont il était l'objet de la part du menu peuple l'avaient rempli d'une grande confiance en lui-même et dans les autres, de plus, il ne crut pas mal faire en pénétrant dans une pagode : « pour voir ».

Malheureusement, cette pagode était interdite (1).

Bonin entra là, comme il serait entré dans n'importe lequel des édifices religieux. Des prêtres, quelques fidèles en train de déposer des offrandes, l'aperçurent. Ils se jetèrent sur lui, armés de bâtons, l'insulte aux lèvres, la colère dans les yeux.

Heureusement, Bonin en avait vu d'autres, il distribua quelques coups de poing et parvint à s'enfuir.

Les événements n'auraient pas eu d'autres suites, si les prêtres du temple ne s'étaient plaints aux autorités et si un sahib mystérieux, portant des lunettes d'or, n'avait mystérieusement dénoncé Bonin. On lava la tête de Bonin, on le frappa d'une amende et cela le confirma dans ses premières opinions.

L'Inde n'était pas un pays pour le « monde » !

Désormais, il ne sortit plus qu'avec son lieutenant et non sans observer les règles les plus strictes de la bienséance.

Bonin n'était ni un brouillon ni un méchant homme, mais il était Français, et comme les Français, il croyait avoir emporté la patrie et les mœurs de celle-ci à la semelle de ses bottes.

Deux jours après cette équipée, Georges et Roger se trouvaient ensemble dans le petit bungalow qu'ils avaient loué temporairement, quand Sachnussem se fit annoncer par Bonin.

— Ça, c'est du toupet, dit Roger.

Aucun des deux jeunes gens n'ignorait la première aventure de Bonin, que celui-ci avait copieusement racontée, y compris l'intervention de Sachnussem.

— Il est difficile de ne pas le recevoir, dit Georges ; en tout cas, il vaut mieux lui laisser ignorer que nous sommes envoyés par Bistouret.

— C'est mon avis.

1. Dont l'accès est absolument défendu aux gens d'autre religion.

— Fais entrer ce monsieur, dit Georges à Bonin.

— Je vous demante bardon, dit-il.

— Vous êtes tout pardonné, dit Roger froidement et très sec.

— C'est nous qui aurions dû vous rendre visite pour vous remercier de votre intervention en faveur de notre compagnon, fit Georges.

— Ah ! fit Sachnussem en souriant de façon à montrer tout un assortiment de dents aurifiées, ce n'être bas la peine. Mais j'ai abris que fous allez fous mèdre en route temain... Moi-même, j'orkanize une betite carafane, ne pourrions-nous faire la rûte enzemble ?

Ce fut encore Roger qui répondit :

— Mon Dieu, monsieur, dit-il, nos recherches ne sont certainement pas les vôtres et nos itinéraires ne doivent pas concorder. D'ailleurs, ce qui s'est passé en 1914 entre nous et les vôtres n'est pas si vieux que nous en ayons perdu la mémoire.

— Mais, dit Sachnussem, profondément surpris, tout ça, c'est oublié... la baix est signée.

— Vous croyez ? demanda Georges avec un sourire charmant.

Sachnussem fut absolument abasourdi.

— Ah ! pien ! pien ! Excusez... Bonsoir.

Il sortit précipitamment, mais, sur le seuil de la porte, il eut un geste de colère et un : « Ach ! » qui en disaient long.

— Tu as vu ce type, Bonin ?

— Oui, mon lieut'nant.

— Nous ne serons jamais là pour lui. C'est un boche.

— Un boche ! Ah ! la crapule, si j'avais su ! Mais, ah çà ! il y en a donc partout ?

— Partout, Bonin, et peut-être même dans la lune.

Le lendemain, la petite caravane montée par les deux amis se mettait en route pour Vellove, mais une heure après, une autre, encore plus modeste, quittait la ville et se mettait en route sur la piste des deux amis.

Dès leur arrivée, les deux amis, suivis de Bonin, trouvèrent à louer un petit bungalow, suffisant pour y vivre en admettant la société des blattes, des fourmis, des scorpions et de tous autres insectes volants et rampants, les moustiques brochant sur le tout.

La saison sèche était arrivée, et tout en faisant des visites obligatoires, Georges et Roger regardaient attentivement autour d'eux. Ils relevèrent trois puits très éloignés les uns des autres, deux étaient à moitié comblés, le troisième ne contenait au fond qu'une boue putride.

Georges prit une après-midi Bonin et s'enferma avec lui.

Au dehors, il faisait une atroce chaleur : les bêtes et les gens, assommés, cherchaient avec angoisse un peu d'air pour emplir leurs poumons et Bonin ne cachait pas qu'il préférait le ciel de France à ce ciel de plomb fondu, duquel semblait tomber la folie, mais du moment que son lieutenant parlait, il oubliait tous ses maux, toutes ses contraintes, tous ses ennuis pour n'être plus qu'un être attentif et obéissant.

— Mon vieux Bonin, dit Georges, je vais te mettre au courant de bien des choses, me fiant à ta sagacité pour n'en rien laisser voir, mais comme tu peux aller où nous n'allons pas, flâner là où nous n'avons que faire, tu pourras peut-être recueillir des renseignements qui peuvent être précieux.

« Voilà, nous cherchons quelque chose au fond d'un puits ou d'une citerne. Nous connaissons trois puits, deux presque comblés, le troisième presque à sec, mais nous ne connaissons pas de citerne. Vois s'il n'y en a pas dans le voisinage. N'essaie rien sans ordres précis, contente-toi, pour l'instant, d'observer, mais observe bien, surtout autour des puits, vois quand on peut en approcher sans crainte d'être vus. Ne commets aucune imprudence.

— C'est entendu, mon lieutenant.

— Je n'ai pas besoin, continua Georges, d'ajouter qu'en tout ceci il te faut agir avec la plus extrême prudence. Les Indous sont gens soupçonneux, surtout leurs prêtres, la moindre imprudence pourrait tout compromettre.

— Bien, mon lieutenant. En somme, il s'agit de repérer un puits ou une citerne, en flânant, comptez sur moi... Mais laissez-moi vous dire que l'Inde, c'est pas un pays d'chrétiens. Les bêtes tiennent le milieu de la rue, les buffles, comme qui dirait les bœufs dans notre pays, viennent bouffer les salades jusque dans votre panier ; tout est sacré ou tout est interdit... C'est pas une vie, vrai.

— Tu regrettes d'être venu.

— Ah ! non, pour ça, non... j'irai partout où vous serez, mais vrai, vous auriez pu choisir un autre patelin... Alors, c'est dit, j'vais repérer le puits ou la citerne, et soyez sûr et certain, mon lieutenant, que personne n'y verra rien.

Sur ce, Bonin s'en alla avec un air avantageux.

Quand Georges avertit Roger des confidences qu'il avait cru devoir faire à Bonin, son associé le blâma avec assez de véhémence ; d'ailleurs, depuis son départ de Paris, le jeune homme se montrait très irascible, enclin à une mélancolie tenace, dont il ne sortait que pour entrer dans des colères folles, la plupart du temps injustifiées. De son côté, Georges bouillait d'impatience, le sol de l'Inde lui brûlait les pieds et il regrettait ce jour où il avait consenti à quitter Paris et ce que surtout Paris contenait pour lui, mais, plus maître de ses sentiments, parce que d'une nature plus fermée que Roger, il ne laissait rien paraître de ce qui l'agitait. L'exil, bien que volontaire, plus que le climat de l'Inde agissait diversement sur les deux hommes, mais les conduisait tous deux vers des choses redoutables.

Georges laissa passer l'orage, mais l'intimité qui unissait les deux hommes se relâcha,

CHAPITRE VIII

VERS LES RUINES

Les deux jeunes gens avaient été introduits au club des officiers et l'un d'eux leur proposa de leur servir de guide dans la visite des ruines ; il les connaissait bien, pour y avoir pris pas mal de croquis, à destination de jeunes miss qui, à Londres, poussaient des exclamations admiratives en les recevant.

Entre toutes les pagodes fameuses qui se dressent sous le ciel de l'Inde dravidienne, la pagode de Vellove reste l'une des plus intactes et des plus belles ; elle fut, au temps de sa vie religieuse, placée sous l'invocation de Civa Jalakanteswara, c'est-à-dire : résidant sous les eaux.

Haute de trente mètres, divisée en sept étages où vivent, sculptés dans la pierre, plus de vingt mille dieux, elle est soutenue, contrefortée par une forêt de piliers de pierre.

C'est là ce qui est la merveille. Chaque pierre constituant la muraille ou le pilier, vit d'une vie intense. Surchargée de dieux, de guerriers, de symboles, fouillée, découpée comme une dentelle de pierre que le temps aurait poli, que le soleil aurait patiné, elles ont, ces pierres, une vie propre à elles-mêmes, dont les éléments sont l'ombre et la lumière. Selon qu'un rayon du jour éclatant, glissant par une ouverture, vient frapper un fût, un pan de muraille, les figures qui y sont sculptées palpitent, les saillies s'illuminent, les creux s'estompent dans une ombre bleue et le soleil, ce divin magicien, anime un trait, met un regard au fond d'une prunelle, creuse une ride sur un visage, fait saillir un muscle, flotter une draperie.

Les trois visiteurs allaient à pas lents dans ce décor de rêve éteint, s'enfonçant de plus en plus dans l'ombre mystérieuse et bleue, avec, au fond de l'âme, ce sentiment religieux qui pénètre tous ceux qui visitent un lieu où une civilisation est née, s'est éteinte, où elle a prié, souffert, espéré.

Ils allaient, pas à pas, s'avançant vers l'ombre plus épaisse, le somptueux décor s'effaçait peu à peu, comme s'effacent et disparaissent au sein des forêts tropicales les fleurs et les plantes qui ont besoin de lumière et d'air pour vivre. Là, la présence du dieu commençait à se manifester, et le fidèle ne devait plus rien voir que lui en s'avançant vers son image.

Le lieu qu'il avait habité est petit et nu, le dieu seul y résidait. Toute la splendeur d'art qui y conduit s'arrête devant la splendeur de sa magnifique solitude. Où commence son rayonnement, il n'y a plus que lui.

Les visiteurs s'arrêtèrent devant cette loge vide où des millions d'êtres étaient venus se prosterner. Maintenant que le dieu en exil avait été chassé de son temple, le pas des visiteurs ne faisait plus qu'éveiller des échos sonores et fuir les reptiles et les bêtes immondes qui habitaient les ténèbres humides du temple désert, mais toujours mystérieux.

— Il y a, dit l'officier, sur cette pagode, une légende, comme il y en a sur tous les monuments de ce pays où l'eau, l'air, la lumière et l'ombre sont peuplés de dieux, mais celle-ci a, du moins, le mérite d'être relativement de date récente ; cependant, rien n'est venu prouver que ce qu'elle dit ne soit pas légendaire. On affirme que les Français, au temps où ils luttaient, se heurtèrent longtemps contre cette pagode et cette forteresse de Vellove qui furent les derniers asiles de la résistance indoue.

« Elle contenait, paraît-il, tous les trésors des pagodes déménagées une à une devant les invasions successives, et l'on en compte beaucoup depuis celle de Rama.

« A chacune d'elles, qu'elle vînt du Nord, du Sud ou de la mer, les pagodes menacées se vidaient de ce qu'elles avaient de plus précieux, en représentations de dieux, en manuscrits, en trésors de toute espèce. Tout cela venait s'enfouir dans cette pagode où nous sommes et que défendaient une ville fortifiée, plus la forteresse. Je n'ai pas besoin de vous dire, messieurs, que les conquérants de toutes les époques, de toutes la nationalités savent découvrir de pareils dépôts et qu'il est probable que votre grand Dupleix, qui dépensa douze millions de sa poche pour soutenir la guerre contre nous, les a plutôt trouvés ailleurs que dans ses vêtements.

Les deux jeunes gens se jetèrent un regard que l'Anglais ne vit pas.

— Permettez, sir, dit Georges, avec un sourire, laissez-nous croire que Dupleix n'a pas été le seul et que votre amiral Burnett l'a aidé à trouver parmi les trésors du Vellove — s'ils ont existé —, un emploi analogue, ou peut-être plus personnel.

L'Anglais détourna la conversation qui prenait un tour fâcheux.

— Il nous reste, messieurs, à voir la citadelle, mais avant, je vais vous montrer un autre aspect légendaire de cette pagode.

Il entraîna rapidement les deux jeunes gens au centre de la nef aux mille colonnes et s'arrêta, désignant une large pierre :

— Voici, dit-il, la dalle qui se mit à saigner quand je ne sais plus quel conquérent ayant forcé ce temple, y entra tout armé, avec les siens, et s'arrêta à cette place, plein de l'orgueil immense de sa conquête. Couvant d'un regard froid et cruel les prêtres, les fidèles agenouillés devant lui et devant sa colère, il restait silencieux. Mais, de la foule des Brahmes prosternés, se leva un vieillard décharné, rongé par des ulcères. Les deux bras levés vers la route, il en appela à Siva, Maha Déo, le grand Dieu suprême. Il fit appel aux vingt mille noms qui expriment tous les avatars, toutes les qualités du Dieu, puis il lança une terrible malédiction contre le spoliateur. Celui-ci, les bras croisés sur son armure d'acier bleui, écoutait, impassible, un sourire de mépris à la lèvre, mais, tout à coup, il baissa la tête. La dalle sur laquelle il posait les pieds ,suait du sang. Celui-ci, comme une marée, coulait partout où se trouvaient les envahisseurs, montait déjà jusqu'à leurs chevilles.

« Le conquérant fit lever cette dalle, on ne découvrit rien sous elle, et comme un immense morceau de chair, la dalle saignait toujours.

« Alors, le guerrier sortit du temple et en fit murer les portes sur tous ceux qu'il renfermait et qui sont morts de faim.

« Cependant, et c'est ici que la chose devient vraiment légendaire, quand les choses reprirent leurs cours normal et que les portes furent démurées, on ne trouva aucun ossement, aucun vestige de cette hécatombe monstrueuse, ce qui prouve bien que la pierre qui saigna peut aller rejoindre les trésors de Vellove.

« Maintenant, s'il vous plaît, messieurs, allons à la citadelle, elle est peu curieuse en elle-même. Mais vous y verrez ce que nous avons su en faire.

Evidemment, pour ce jeune cadet, la vieille Angleterre détenait le record de l'architecture.

Les deux amis suivirent.

La forteresse qui dressa devant eux ses murailles sept fois centenaires s'élève sur une petite montée d'une altitude de 230 mètres, au sommet d'un triangle dont la mer constitue la base avec Pondichéry et Madras aux deux pointes, ainsi s'explique le but des envahisseurs qui tenaient à s'en emparer, car, avec Vellove, ils tenaient la clé de presque tout le Carnate.

Primitivement, la ville que défendait la forteresse était entourée par des remparts dont les fossés, alimentés par le Palav, servaient d'asile à de monstrueux crocodiles qui contribuaient par leur présence à la défense de la Cité, mais les murailles disparurent d'abord, la ville ensuite, qui n'est plus, maintenant, qu'un ramassis de terre sèche et de quelques demeures plus confortables.

Là, comme partout où ils le purent, sans trop froisser le sentiment national, les Anglais ont fait, de l'antique forteresse, une caserne et un arsenal. A part les principaux bâtiments qui ont été restaurés pour répondre à ce qu'on attendait d'eux, cette autre merveille du passé tombe en ruines.

Elle ne présente extérieurement qu'une façade veuve de ses tours et de ses crénaux, mais à l'intérieur revit le monde fabuleux. Taureaux, éléphants, chevaux, dieux, humains, symboles ou scènes rituelles animent la matière.

L'officier anglais, en bon cicérone, ne fit grâce d'aucun détail aux deux compagnons.

Au moment où, pour sortir enfin, ils traversaient une petite cour, l'attention de Georges fut attirée par un puits qui élevait sa margelle au centre de cette cour brûlée de soleil.

Il y alla et se pencha sur l'ouverture.,

— Il est à sec, maintenant, vous savez, mais ce qui est très curieux, c'est qu'il garde plus longtemps de l'eau que celui du village, situé cependant sur la même nappe d'eau et ayant tous deux la même profondeur, cependant, on use plus ici que dans cette aldée (1) de crasseux, c'est à n'y rien comprendre.

Ces quelques paroles rendirent les deux amis songeurs. Tous deux pensèrent qu'il convenait de ne point oublier la chose.

1. *Aldée* — ville.

CHAPITRE IX

SPÉCULATIONS IMAGINATIVES

En rentrant dans le bungalow qu'ils habitaient, les deux jeunes gens furent surpris de ne point voir le fidèle Bonin les attendre. Roger interrogea l'un des sourdas.

Roger était très craint par les deux esclaves qui redoutaient ses manières sèches et cassantes, le sourdas devint immédiatement craintif et crut très probablement qu'on allait le rendre responsable de la disparition de celui qu'on réclamait. Il se prosterna, les deux mains tendues vers son interlocuteur :

— Puissance du Ciel. Protecteur du Pauvre, prends en pitié ton serviteur, le sahib dobachi (1) a quitté le bungalow sans rien dire.

— Quand est-il parti ? intervint Georges.

— Au moment où l'ombre du grand arbre glisse jusqu'à la porte du bungalow.

— C'est-à-dire à deux heures, dit Roger, il faut qu'il soit fou !

— S'il ne l'était pas, il a dû le devenir, sortir par ce soleil et à cette heure, c'est courir au-devant de l'insolation. Il doit être à l'hôpital ou mort dans un coin.

— Il n'a rien laissé pour nous ? questionna Georges.

— Rien, Puissance du Ciel !

— C'est étrange.

— Non, rien, je le jure sur la queue de la Vache, épargne-moi ta colère, ô protecteur du pauvre et de la veuve !

Le sourdas était très ému.

— C'est bien, tais-toi.

Georges griffonna quelques mots sur sa carte et la tendit à l'esclave.

— Va porter ça au sahib qui gouverne l'hôpital et tu rapporteras la réponse.

— Aussi vite que Pavana, l'esprit des vents, et que Yama m'entraîne dans ses enfers si je ne rapporte pas une bonne réponse.

Le sourdas s'en alla du trot sec qu'emploient les coureurs indous et qu'ils soutiennent au delà de ce qu'on pourrait croire des limites humaines. Roger frappa sur un petit gong, et le second sourdas, promu aux fonctions de cuisinier, apparut, courbé dans un salut, à une porte intérieure.

— Sers le dîner !

L'homme s'empressa, silencieux, et, peu après, les deux hommes s'assirent devant une table où ils mangèrent de bon appétit cette nourriture épicée, la seule qui se puisse absorber avec plaisir dans ces pays où l'atonie guette tous les organes. Quand ils furent seuls, sous la nuit bleue constellée d'étoiles, dans cette douce et vibrante luminosité, à l'heure où l'Européen commence à vivre et à respirer, ils échangèrent, dans une sorte de conseil, leurs impressions de la journée.

Ce fut Roger qui parla le premier.

— En ce qui concerne notre visite à la pagode de Siva, dit Roger, je n'en garde qu'une opinion peu concluante. Il se peut que des trésors, à une époque indéterminée y aient été rassemblés, mais je crois qu'ils n'y sont plus et qu'ils ont été emportés en même temps que le dieu du temple aujourd'hui désert.

— C'est possible, dit Georges, cela même présente tous les aspects de la stricte vérité ; cependant, une chose arrête mon attention. J'estime qu'il n'est pas de légende qui n'ait à la base une vérité première, déformée par le temps, et cette pierre qui saigna me fait supposer que le monument a été truqué dès l'origine pour les besoins des prêtres et dans le but de frapper l'imagination des candides fidèles. Cette opinion m'amène logiquement à supposer que la pagode doit cacher des dessous mystérieux, depuis longtemps oubliés.

1. Chef des domestiques.

Souviens-toi que le manuscrit sanscrit nous parle d'un puits ou d'une citerne, ceci comporte une idée de profondeur, le truquage des monuments en comporte une autre, il se pourrait donc que ces deux hypothèses soient reliées entre elles par un lien que nous ignorons et qui reste à découvrir.

— Bien, dit Roger, j'abonderai dans ton sens, admettons qu'en effet il y ait connexité entre les deux choses, mais comment admettre que ces trésors ensevelis au vu et au su de tant de gens qui ont laissé derrière eux toute une chaîne de survivants, soient restés enfouis sans qu'aucun de ceux qui avaient connaissance de ces faits n'aient rien tenté pour les remettre à jour ou seulement pour en revendiquer la légitime propriété ?

— A ceci, j'ai réponse. N'oublions pas que l'Inde attend toujours son libérateur, celui qui, animé de l'esprit de Kartikeru, le dieu de la guerre, chassera du sol sacré le méprisable Frangny et sa clique. Alors, quoi de plus facile que de s'imaginer qu'une vaste conspiration du silence ne lie pas les bouches des Brahmes ou des princes indous, les seuls qui, à l'heure actuelle, puissent être encore dans le secret, pourquoi ne pas supposer que ces trésors, nerfs de la guerre future, restent cachés volontairement par eux ?

Il y eut un moment de silence. Ce fut Roger qui le rompit :

— Mais, dit-il, dans le cas où nous mettrions la main sur ce dépôt, quelle sera notre attitude ? Nous avons accepté d'enthousiasme une besogne où, quoi que nous fassions, il y aura forcément de notre côté spoliation, j'avoue que cela m'ennuie fort. Maintenant que nous sommes à pied d'œuvre, je répugne à cette besogne.

Georges tira trois bouffées de son cigare avant de répondre ; évidemment, la situation l'embarrassait, lui aussi.

— Je crois, dit-il enfin, que le mieux serait pour faire taire nos scrupules, car, en somme, nous faisons figure d'aventuriers, dès que nous aurons une certitude de le dire à Achille Bistouret en le priant dès lors de prendre la suite de nos travaux, de traiter la chose à sa guise, tout en respectant nos droits.

— Oui, c'est, en effet, une solution, la seule, j'y souscris pleinement.

Roger avait dit cela avec une aussi évidente satisfaction que Georges semblait en avoir éprouvé une à émettre cette proposition. Tous deux pensaient que Bistouret ne saurait résister au désir d'emmener Lise, et tous deux, secrètement, en concevaient les plus folles espérances. Aucun deux ne fit rien paraître des sentiments qui l'agitaient, et Georges continua :

— En ce qui concerne le puits, j'ai été frappé, comme tu as dû l'être, par ce que nous a dit l'Anglais à propos du puits de l'arsenal qui garde encore son eau, alors que celui de l'Aldée a perdu la sienne, bien que tous deux aient la même profondeur et posent sur la même nappe d'eau ; donc, si ce dernier puits perd son eau, c'est qu'il a une fissure assez importante, ceci ne te semble-t-il pas répondre à l'existence d'une issue secrète ?

— J'avais, en effet, pensé à une fuite, mais, tu le sais, je ne suis pas un imaginatif et, je l'avoue, mon enthousiasme ne va pas à la hauteur du tien.

« Cependant, ceci militerait en faveur de mon opinion que la fissure du puits de l'Aldée doit aboutir aux souterrains du temple, la quantité d'eau qui se perd est importante ; or, quoi de plus logique que de supposer que le puits perd son eau soit vers une citerne mystérieuse, soit vers les souterrains de la pagode et que cela a lieu volontairement, puisque les habitants du sillage ne réclament pas les travaux qui rendraient le puits étanche.

« De plus, si cette eau se perdait dans le sol à une profondeur qui n'excède pas huit ou dix mètres, le sol lui-même le dénoncerait en donnant naissance à une végétation plus dense et moins assoiffée.

En admettant que toutes tes romanesques hypothèses se trouvent cependant fondées, comment arriverons-nous à les vérifier au milieu d'une population assez soupçonneuse et surtout malgré les Anglais ? fit remarquer Roger.

— Ce n'est pas tant les Anglais et les Indous que je crains, dit Georges, mais bien ce damné Allemand, ce Sachnussem. Vis-à-vis des Anglais, nous pourrions arguer d'ambitions d'archéologues, ce qui est admissible, mais ce boche ne s'y laissera pas prendre et si, comme Bistouret nous l'a dit, il n'a en main qu'une documentation encore plus incomplète que la nôtre, il va coller au moindre de nos pas.

— C'est probable.

— Je crains, en plus, que s'il se voit distancé ou incapable de trouver ce que nous sommes trois à chercher, il ne dénonce le véritable motif de nos recherches. Ceci m'a amené, si tu n'as pas d'autres propositions à me faire, à dresser un plan de conduite destiné à lui donner le change, mais il faut que l'un de nous se sacrifie.

— Comment ?

— Qu'il consente à jouer un rôle plus effacé · celui de dépisteur.

Roger fronça le sourcil et ne répondit pas.

— Cela ne te va pas ?

— Pas du tout. J'ai droit aux mêmes dangers et ils existeront, sois-en certain, mais j'ai droit aussi aux mêmes reconnaissances.

Allait-elle jaillir, l'étincelle qui pouvait mettre le feu aux poudres et précipiter l'un contre l'autre ces deux jeunes gens nourrissant la même espérance ?

La sagesse de Georges évita le danger.

— Il y a un moyen, dit-il, et je m'excuse de n'y avoir pas pensé.

— Evidemment.

— Chacun de nous jouera ce rôle à son tour, celui à qui il sera dévolu s'en ira tantôt dans la jungle, tantôt vers l'un des deux puits à sec, tantôt enfin au bord du Palav, avec des outils d'arpentage et de prospecteur, d'appareils photographiques, tout cela sera porté par les sourdas, il n'est pas douteux que ce Sachnussem ne prenne le change et ne s'attache pas aux pas de celui-là.

— C'est, en effet, assez bien imaginé, et je ne vois maintenant aucune raison de ne point entrer dans tes vues.

— Alors, entendu. Maintenant, si tu veux, ajouta le jeune homme en se levant, allons flâner, la nuit est splendide, et tout en musant, nous pouvons aller jusqu'au puits de l'Aldée.

La nuit, en effet, était splendide, un manteau de vélours clouté d'or et des diamants d'innombrables étoiles ; dans l'air plus léger flottaient encore les senteurs lourdes du jour, les fleurs revivaient et envoyaient vers cette nuit splendide, comme l'hommage d'une prière, leur parfum où l'odeur poivrée du vétyver particulière à l'Inde dominait. Des oiseaux nocturnes passaient d'un vol lourd, des insectes crissaient ou rayaient l'air embaumé de leurs ailes diaphanes, les deux jeunes gens marchaient silencieux, sous le charme de cette nature qui vous prend tout entier, à ce point qu'on ne l'oublie plus dès qu'on en a subi le charme.

Ils allaient arriver au puits dont la margelle découpait une ombre forte sur le sol, quand ils s'arrêtèrent.

Au pied de cette margelle, un Indou vêtu de loques était accroupi, immobile, comme figé dans son attitude méditative.

— C'est un fakir, dit Roger.

— Probablement ; cet homme nous gênerait, entrons, veux-tu ? demanda Georges.

Ils reprirent le chemin de leur bungalow.

Le fakir resta toujours immobile, sans qu'un geste, chez lui, eût décelé qu'il avait vu les nocturnes visiteurs, mais, une heure après leur départ, il se leva à son tour et s'en alla rapidement parmi les ruelles tortueuses de l'Aldée déserte et silencieuse.

CHAPITRE X

BONIN

Georges dormait encore quand un pas assourdi et léger se fit cependant assez entendre pour le tirer brusquement de son sommeil léger. Le jeune homme se dressa sur son séant et formula :

— Qui va là ?

— Chut ! C'est moi, mon lieutenant, ne faisons pas trop de bruit, on se ferait repérer.

— C'est toi, Bonin ?

— C'est moi.

En même temps qu'il affirmait cette vérité, le survenant fit craquer une allumette, alluma le photosphère et se glissa dans les plis de la moustiquaire du lit, avec sa lumière à la main. Georges vit alors avec une réelle stupeur que Bonin se présentait sous des espèces si inattendues qu'il en perdit du coup le moyen de s'étonner et de le manifester en paroles.

Le Parisien était coiffé d'un lamentable morceau de mousseline entortillée en manière de turban, et une mauvaise couverture lui tenait lieu de vêtements ; il est vrai qu'une épaisse couche de poussière suppléait largement à l'absence de ceux-ci et que le tout se compliquait — ce qui expliquait bien des choses — d'un trident blanc peint sur le front.

— Qu'est-ce que c'est que ça ? s'exclama Georges, tu es fou !

— Je me suis établi fakir, dit modestement Bonin.

— Mais, mon garçon, tu n'es pas à prendre avec des pincettes.

— Je ne demande pas non plus à ce qu'on me prenne n'importe comment, mais puisque ça offusque mon lieutenant, je supprime la vue en supprimant le candélabre, (il souffla la photosphère.) N'empêche que, dans les boues de l'Artois ou de la Champagne, nous n'étions pas non plus très beaux à voir, n'importe, je suis pas venu pour causer du passé, comme dit la romance, mais bien du présent. Je commence. En m'installant fakir, j'avais mon idée, vous pensez bien que ce n'est pas seulement pour la rigolade que je me suis habillé ou plutôt déshabillé comme ça, j'avais donc mon idée, et elle n'était pas trop mauvaise. C'est moi qui étais auprès du puits quand vous y êtes venus tous les deux, il y a une heure.

— Mais tu dois mourir de faim, mon pauvre Bonin !

— Moi ! Ah ! bien, oui ! Qu'est-ce qu'on m'a apporté en fait de riz, de fruits, c'est à ne pas croire — ici, mon lieutenant, c'est des gens très pieux, ils ne laissent pas souffrir leurs saints ni de faim ni de soif — non, merci, je n'ai besoin de rien. Seulement, écoutez-moi, mon lieutenant.

— Parle plus haut.

— Non, c'est encore trop haut que je parle, ce qu'il y a autour de nous, c'est pas franc, nous sommes visés. Voilà. Hier, tantôt, du temps que vous visitiez la forteresse, j'ai vu venir le Boche autour du bungalow. Sûr, comme nous sommes ici, il voulait parler à quelqu'un ou surprendre quelque chose. Tant que je serai là, me suis-je dit, cette vermine se tiendra coite, il faut donc que je disparaisse, mais il faudrait aussi que je sois là, comment faire ?

— Il t'aurait fallu l'anneau de Gygès.

— Connais pas. N'importe, je continue, je vais toujours sortir, pensé-je, on verra après. Donc, je sors, je feins d'apercevoir mon Boche, je me jette dessus, les mains tendues, plein de reconnaissance, il m'offre un mauvais cigare et me demande si vous êtes dans le bungalow. Je réponds non ; il le déplore, me donne une poignée de main et s'en va. Je rentre dans le bungalow, car ma fameuse idée venait de fleurir comme un champ de coucou au mois d'août, je m'enferme dans ma chambrette, je me déshabille, je me trempe dans l'eau, puis sautant par la fenêtre, je me roule dans la poussière de la ruelle, je me laisse sécher, je me peints ce truc-là sur le front, je m'enveloppe dans ma couverte, je chipe un vieux turban au sourdas Yvana, le plus maigre des deux, et me voilà fakir, un bout de bois en guise de bâton et courbé en deux, sous le poids des années, je fais le tour de la maison.

« J'avais deviné juste, mon lieutenant, le Boche était revenu et causait aux deux sourdas, Yvana et Saranga, je m'amène en douce et comme accablé de vieillerie, je me laisse tomber sous l'ombre de la véranda. Personne ne prend garde à moi, mais je jouais de malheur, car je ne comprenais rien à ce que disaient l'Allemand et les Indous avec cette diablesse de langue qu'ils appellent le tamoul, mais un geste m'a renseigné, car j'ai vu le Boche donner une poignée de caches (1) à chacun des domestiques. De ce côté, c'est sûr et certain, vous êtes trahis. Cela est si vrai que l'un des Sourdas, Saranga, a montré au failli chien un trou au bas de la première marche de l'escalier à gauche, m'est avis que ce trou-là servira de boîte aux lettres.

« Ce n'est pas tout. Quand vous êtes sortis cette nuit, vous avez été suivis, on marchait dans votre ombre. Voilà, mon lieut'nant, l'emploi de ma sortie.

— Tu es un brave garçon, Bonin, et je n'en doutais pas. Je te félicite, tu as agi avec une prudence et une intelligence remarquables. Tu viens de nous donner de quoi nous défendre et au besoin d'attaquer.

— C'est bien pour ça que je l'ai fait, mon lieut'nant ; maintenant, en cas où le Boche deviendrait trop gênant, faudrait me le dire... ça ne ferait jamais qu'un Boche de moins... c'est-à-dire moins que rien.

— Tiens-toi tranquille à cet égard, dit Georges, il peut nous servir, tout en comptant se servir de nous-mêmes. En tout cas, à n'importe quel prix, ne soulève pas d'incident dont nous aurions du mal à nous sortir. Désormais, puisque te voilà fakir, c'est-à-dire capable de circuler la nuit, sans trop éveiller l'attention, rôde autour du puits de l'Aldée et rends-toi compte quand on peut l'aborder sans être vu.

— Entendu, mon lieutenant, mes intentions sont celles-ci : De jour, je suis Bonin, le dobachi, comme ils disent, mais la nuit, je deviens fakir. Seulement, j'améliorerai mon costume et mes accessoires, aujourd'hui, j'ai été pris de court, mais vous verrez ça... Mon lieutenant n'a plus besoin de moi ?

— Non, mon vieux, va te reposer, merci, tu es un brave type.

— Chut ! dit Bonin, ces diables d'Indous ont l'oreille très fine !

Mais si fine qu'elle pût être, les Indous ne durent pas entendre Bonin regagner son lit, car il glissa plutôt qu'il ne marcha jusqu'à la chambre qui lui était réservée, et puis, peut-être que ledit Bonin n'aimait pas les compliments !

Le lendemain, au réveil, Georges fit part à Roger du nouvel avatar de son ancien canonnier et de ce qui s'en était suivi. Dans une sorte de conseil qu'ils tinrent immédiatement, ils convinrent de ne point donner l'éveil à Sachnussem et, partant, de garder auprès d'eux les deux Indous ; ils décidèrent également de prévenir Bistouret par une longue lettre qu'ils rédigèrent en commun, ce qui leur permit, en fin de missive, de présenter leurs « respectueux hommages » à Mlle Lise.

Dans la journée, selon ce qu'ils avaient arrêté de concert, ils prirent le train pour Madras où ils allaient acheter tout ce qui pouvait donner le change à Sachnussem, ils en revinrent, apportant tous les instruments nécessaires à une prospection sérieuse. Au moment où ils descendirent du train, ils remarquèrent Sachnussem qui, comme par hasard, flânait sur le quai de la petite gare.

— Il est évident, fit Georges entre ses dents, que nos sourdas l'ont prévenu de notre départ et il nous surveille.

— J'ai eu tort de brusquer cet individu, murmura Roger, je le regrette, nous l'aurions eu sous la main et pu surveiller plus étroitement.

— Ne regrette rien, Bonin se chargera de le faire.

Quand ils rentrèrent en légère charrette au bungalow, ils trouvèrent Bonin qui était en train d'acheter une corde, une immense corde, à ce qu'il parut aux deux jeunes gens qui s'inquiétèrent de la raison de cet achat.

— C'est pour amarrer les bagages, dit l'ancien canonnier, les pauvres ficelles que nous avions ne peuvent faire l'affaire.

1. Petite monnaie.

Ils n'insistèrent pas et rentrèrent pour se concerter encore sur le mode d'action auquel il fallait s'arrêter.

Vers le soir, c'est-à-dire après la forte chaleur, sir Horace Chaplin, qui les avaient conduits à la pagode et à la forteresse, passa chez eux.

— Pardonnez-moi, dit-il en s'éventant avec un écran de vétyver, je viens voir s'il vous est agréable d'assister aux fêtes nocturnes qu'on va donner en l'honneur de l'épouse de Siva, à Villenour, c'est peu distant et, par Jupiter, messieurs, je vous assure que si vous ne répugnez pas à l'étrange assemblage de parfums que donnent en même temps l'encens, la friture, les torches, et une foule humaine en délire, la chose mérite d'être vue.

— Mais comment donc, vous nous faites le plus grand plaisir.

— En ce cas, la chose a lieu après-demain, je passerai vous prendre et vous emmènerai dîner au cercle.

Les deux jeunes gens remercièrent vivement leur nouvel ami et le retinrent un moment par l'appât d'une carafe d'eau fraîche et d'un flacon de whisky de la meilleure marque.

Au moment du départ, l'officier s'arrêta sur le seuil du bungalow.

— A propos, sirs, ça ne vous dérange pas, je suis aussi obligé de piloter, sans agrément, je vous jure, un Allemand ; au fait, vous le connaissez peut-être ?

— Superficiellement, à distance, mais cela ne nous dérangera pas.

Les trois hommes prirent congé d'une façon très affable.

Comme la veille, quand la nuit fut venue, les deux jeunes gens allèrent goûter la fraîcheur, mais ils n'allèrent pas du côté du puits. Georges, tout en fumant son cigare, démontra à Roger que, au demeurant, cette fête qui se préparait, allait servir leurs projets au delà de ce qu'il espérait.

Pendant ce temps, Bonin ne restait pas inactif. Ayant aveuglé, du mieux qu'il put, les ouvertures de sa chambre, il avait allumé, sans souci de mettre en émoi les moustiques, les insectes ailés, les petites araignées du logis, une petite lanterne sourde et avait procédé soigneusement à sa toilette. Tout d'abord, il s'oignit le corps avec un mélange d'eau miellée et d'ocre brun en poudre, cela lui prit une grande heure, car ce fut bien fait ; sur son front, il peignit un très beau triangle, la pointe en l'air, en blanc, puis, pour passer le temps qu'il mettait à sécher, il entreprit de rouler autour de sa tête un métrage important de mousseline à peu près blanche. Cette partie de ce travail ne fut pas sans le satisfaire : par une cordelette qu'il se passa autour du cou en guise d'amulette, un solide couteau à multiples lames, scie, lime, ciseaux, canif et forte lame. Le couteau de Bonin constituait à lui seul un arsenal et une usine, il enroula autour de son corps la corde qu'il avait achetée dans la journée, se drapa dans la même couverture, cacha dans les plis de sa ceinture de mousseline sa petite lanterne sourde ; il empoigna son bâton et, sautant lestement par la fenêtre qu'il repoussa, il fila dans l'ombre des masures et des petites maisons.

Moins d'un quart d'heure après, les quelques Indous retenus dehors bien malgré eux par d'impérieuses nécessités, car le démons des enfers, les mauvais génies, les méchants morts se plaisent à rôder dans la nuit pour tourmenter les pauvres vivants — ces quelques Indous pouvaient contempler un fakir ou un saint pèlerin accroupi par terre, le dos appuyé à la muraille du puits, plongé dans une méditation profonde. Mais, deux heures plus tard, les mêmes passants revenant n'auraient plus vu le solitaire qui semblait cependant s'être installé pour la nuit.

CHAPITRE XI

LES FÊTES NOCTURNES

Les fêtes nocturnes de la déesse Parvati et de Siva devaient durer cinq jours et cinq nuits. Pendant cinq nuits, le dieu aux trois yeux et aux quatre bras, dont l'un porte le trident, symbole de sa domination sur les trois mondes, celui qui dispense et la vie et la mort, est promené chaque fois sur la représentation d'un animal différent, pour bien démontrer qu'il les domine tous : taureau, éléphant, buffle, cheval, oiseau, reptile, tous à tour de rôle lui servent de monture.

Son épouse, Parvati, chevauche à ses côtés ; personnification de la nature, elle porte aussi un nom plus terrible, en ce qu'il est taché du sang des sacrifices humains, on l'appelle Kali, l'effrayante destructrice de l'univers, celle dont le char écrasait les dévots qui se précipitaient sous ses roues pleines.

Suivant ceux dont il est issu, un troisième dieu complète la trinité qui participe aux fêtes, c'est Soubramanie, auquel correspond le Mars de la fable grecque.

Depuis des mois, on procédait aux préparatifs de cette solennité ; des provisions d'artifices, de torches, d'encens, d'huile aromatisée avaient été constituées. Les chars, les civières avaient été repeints, nettoyés, ornés ; les parasols visités, restaurés et les pèlerins de toutes les parties de l'Inde du Sud s'étaient mis en marche pour refluer autour de cette pagode de Villenour.

Foule effrayante de dévots, de fakirs, d'estropiés, de lépreux rongés d'ulcères qui venaient, mus par le même espoir, escomptant l'avenir ou le présent, le pardon des fautes ou la guérison.

Tous venaient, dirigés par la même espérance que, peut-être, les dieux, apitoyés, feraient, au regard de leurs souffrances ou de leur repentir, un miracle, et tous étaient chargés d'offrandes dans le but de les rendre favorables.

Sir Horace fut exact au rendez-vous et se présenta au bungalow des Français, conduisant lui-même une charrette légère, attelée de vigoureux poneys. Roger fut seul à le recevoir.

— Vous me voyez navré, lui dit-il, Georges est dans un accès de fièvre et au lit, sous la garde de notre fidèle Bonin ; quant au vandicara et aux sourdas, j'ai dû leur permettre d'assister aux manifestations religieuses, comme bien vous devez penser, et ils sont partis depuis ce matin, j'irai donc seul avec vous. Si, comme je l'espère, l'accès de fièvre dont souffre mon ami cesse avant la fin des fêtes, il viendra nous rejoindre, sinon, il devra se contenter de ma narration.

Sir Horace montra un chagrin poli, donna quelques conseils médicaux et, finalement, ayant ainsi sacrifié aux usages du monde, invita le jeune homme à prendre place à ses côtés, puis, enlevant son attelage, il emmena son invité au milieu d'un nuage de poussière.

Georges ne battait nullement la fièvre, il écoutait au contraire, et très attentivement, le récit que Bonin lui avait fait devant Roger, au retour de son expédition nocturne qui datait de l'avant-veille. C'était ce même récit qui avait de plus en plus décidé Georges à profiter de ce que la fête de Villenour viderait l'aldée de Vellove pour tenter une descente dans le puits.

Bonin, que décidément on ne pouvait empêcher d'agir, mais qui, heureusement, le faisait avec une prudence extrême, avait pris une initiative heureuse et l'avait conduite heureusement jusqu'à la fin sans incident.

— Si j'étais sûr de réussir en France, je m'établirais fakir, c'est un bon métier, le boulot n'est pas terrible, on n'a qu'à se laisser vivre.

— Allons, mon vieux Bonin, vivement, au rapport, j'ai hâte de savoir si tu as découvert quelque chose ?

— Vous allez être servi, mon lieut'nant, et de première, vous allez voir.

« Tout d'abord, je suis allé au marché où, pour quelques anas, je m'suis payé un complet fakir, tout ce qu'il y a de mieux, les tailleurs parisiens sont plus chers. Cinq mètres de mousseline, un peu d'ocre brun, une vieille couverture, une bonne corde, et ça a fait l'affaire. Ma toilette terminée, je suis sorti très tranquillement, la nuit était venue, tout le monde dormait, dans le bungalow, et, courbé comme un très vieux, je suis allé jusqu'au puits ; là, commodément installé, j'ai laissé filer doucement les heures, car il passait encore trop de monde sur la place, cette sacrée fête attire toutes les populations, comme chez nous le 14 juillet, alors que les trains de plaisir amènent tous les cambrousards à Paris.

« Paraît que les fakirs passent leur temps en méditations. Moi, je ne médite pas, mais j'ai des souvenirs et, ma foi, je les ai tous éveillés : ceux de l'Artois, ceux de la Marne et les autres quand on flanchait devant l'ennemi, puis ça m'a fatigué de faire revivre toutes ces horreurs, alors, je m'suis chanté, pour moi tout seul, des petites romances, bien gentilles, puis tes gaudrioles, tant et si bien, que la place elle est devenue déserte.

« C'était le moment d'agir.

« Déroulant alors la corde, que j'avais soi-disant achetée pour arrimer nos bagages, je la fixai solidement à une pierre qui dépassait dans la margelle, et je me laissai glisser en douceur. Ma corde était juste assez longue et je savais depuis longtemps comment, quand on n'est pas trop empoté, on peut se servir d'une corde lisse. C'est facile comme tout, si vous ne savez pas, il faudra que je vous l'apprenne, ça peut être utile.

« Donc, j'arrivai au fond du puits, c'était mou et vaseux, et il y avait un tas de sales bêtes, des petites et des grosses qui grouillaient, que c'en était une bénédiction.

« Bien entendu, j'avais une petite lampe à pile sèche !

— Malheureux... si quelqu'un était venu se pencher sur le puits !

— Pourquoi faire ? mon lieut'nant, tout le monde sait qu'il n'y a pas d'eau, j'étais tranquille, et puis, au moindre bruit, clac ! j'éteignais la lampe.

— Continue.

— Eh bien, mon lieutenant, vous me croirez si vous voulez, les puits dans l'Inde, c'est absolument pareil comme ceux de France... Cependant, du temps que j'y étais, j'ai voulu voir ce qu'il avait au fin fond du ventre.

Et Bonin continua son récit imagé.

Son exploration fut longue, le granit ne gardait que la dépouille végétale et des mousses que lui avait apportées l'eau ; malgré le soin qu'il mettait à ne rien négliger, à gratter de l'ongle les endroits qui lui paraissaient suspects, il ne remarqua rien. Il visita chaque pierre, chaque joint, cherchant un signe quelconque, mais, tant qu'il resta sur le sol, depuis ce sol jusqu'à hauteur de sa tête, il ne découvrit rien qui lui parût digne d'intérêt. Mais Bonin avait appris la patience en faisant la guerre de tranchées, et ce premier échec ne le découragea pas ; avec une force considérable, il entreprit d'explorer la paroi du puits jusqu'à son faite, roulant autour de sa jambe gauche la corde qui, ainsi, l'aida à se maintenir ; il remonta pied à pied, continuant son exploration à l'aide de sa lanterne. A peine venait-il de monter ainsi la valeur d'un mètre, que, sous le petit faisceau lumineux, il découvrit sur sa gauche une pierre, plus large et plus haute que les autres et sur laquelle, gravé profondément, s'inscrivait un symbole auquel il ne comprit rien.

Il l'observa longuement pour pouvoir le décrire fidèlement, puis, satisfait, il remonta, tout en explorant encore ; mais il n'aurait pas été le gaillard dégourdi dont la guerre avait décuplé toutes les facultés et toutes les méfiances s'il n'avait pris soin de compter une à une les pierres qui se juxtaposaient au-dessus de la pierre marquée ; celle-ci se trouvait être la treizième ; il était de même trop adroit pour sortir du puits sans jeter au préalable un coup d'œil sur le paysage, il ne laissa donc que passer sa tête au-dessus de la margelle et bien convaincu que l'aldée était toujours déserte sous la nuit de velours, il reprit terre par un rétablissement plein de souplesse, s'accroupit comme précédemment et doucement, détacha sa corde et l'enroula autour de lui, alors seulement, il se leva, reprit sa marche traînante, quitta la place inondée de clarté lunaire, gagna l'ombre des ruelles et rejoignit sa chambre, inaperçu, inentendu...

Quand Horace Chaplin, Roger et Sachnussem, qui s'était joint aux deux jeunes gens et que l'absence de Georges n'inquiéta pas, tant la raison en paraissait vraisemblable, arrivèrent à la pagode, Roger, pour qui les choses de l'Inde étaient si nouvelles, fut littéralement stupéfié.

Une véritable mer humaine déferlait, battant les murs et les portes du temple, sous la lumière rouge des torches en forme de lyres, de cerceaux, de triangles et de trident, torches d'étoupe, trempées dans l'huile.

Tout le bas du monument, avec ses sculptures, représentant un peuple de dieux, semblait participer lui-même à cette vie grouillante, incendié par le rougeoiement des flammes, par la lueur sanglante des feux de Bengale ; environné, comme d'un brouillard roux, de la fumée qui se dégageait de tous ses brasiers, il semblait vraiment vivre et frissonner sous les jeux de ces lumières mobiles qui rouillaient les sculptures, léchaient les saillies, dissipaient les trous d'ombre, mais plus haut, et le contraste était frappant, au-dessus de cette atmosphère de fièvre, le sublime monument dressait sa splendeur blanche dans la nuit tranquille et reprenait sa solennelle immobilité.

La fête commençait à peine, les dieux venaient d'être sortis du sanctuaire, et les fidèles s'occupaient de les installer sur leurs montures, lesquelles étaient déjà dressées sur les brancards que soixante hommes de corvée devaient ensuite porter sur leurs épaules jusqu'aux chars qui les attendaient.

Siva, tout en cuivre doré, apparut le premier, les trompettes sacrées sonnèrent, d'autres trompettes, des gongs, des clameurs leur répondirent, et le dieu qui disparaissait presque sous les guirlandes de jasmin et de lotus fut posé sur le taureau d'argent qui lui servait de monture.

Parvati apparut à son tour, disparaissant comme son divin époux sous une montagne de fleurs, elle fut hissée sur la perruche appelée à l'insigne honneur de la porter durant tout cette nuit.

Enfin, Soubramanyé fut à son tour posé sur un paon dont la queue ocellée était faite de verroterie et de petits miroirs.

Les brahmes, vêtus de pagnes de mousseline blanche ou jaune, l'épaule droite entièrement dégagée et portant au front le trisula (1) peint en blanc ou dessiné avec de la cendre, dominaient sur les degrés du temple cette foule hurlante sur laquelle ondoyaient les torches et les parasols sacrés.

L'un des brahmes emboucha une trompette de bronze longue de six mètres et dont l'ouverture semblait un gouffre, il lança trois notes profondes. Alors, au milieu des cris, les brancards furent enlevés sur les épaules et, fendant péniblement cette mer humaine aux vagues sans cesse renouvelées, les dieux furent portés sur leur char.

Sept fois, ces chars devaient faire le tour de la pagode pendant que les bayadères sacrées participaient à la fête religieuse avec leurs danses.

Le coup d'œil était inoubliable. Sachnussem lui-même ne pensait plus à rien autre qu'à s'en repaître les yeux ; il en oublia même l'absence de Georges.

Il eut tort.

Celui-ci et Bonin, certains que l'aldée de Vellove était absolument déserte, la fête ayant pour ainsi dire pompé toute la population valide, se mirent en route vers le milieu de la nuit, emportant des lampes électriques, quelques outils qu'ils crurent nécessaires, et gagnèrent le puits dont l'ouverture les absorba.

1. Triangle sacré.

CHAPITRE XII

DANS L'OMBRE HUMIDE

Bonin, qui n'était pas un homme qu'on prend sans vert, s'était heureusement souvenu des difficultés qu'il avait rencontrées en remontant du puits et il y avait remédié en nouant sa corde de mètre en mètre, par des nœuds lâches en forme d'étriers dans lesquels le pied pouvait trouver un point d'appui suffisant. Les deux hommes descendirent dans le puits ; sur la treizième pierre, Georges authentifia le *lingam* (Symbole de la génération mâle) qu'il avait déjà reconnu dans la description que lui avait faite Bonin. Le symbole profondément creusé s'enlevait au-dessus d'un triangle gravé, la pointe dirigée en haut. C'était là à n'en pas douter, le signe dont parlait métaphoriquement le manuscrit sanscrit et Georges ne douta plus être en présence du sésame qui devait le guider vers les trésors de Siva.

Aidé par Bonin, il chercha minutieusement le mécanisme secret qui devait faire manœuvrer la lourde plaque de granit.

Deux hypothèses se présentaient, en effet : ou bien cette pierre ne servait qu'à boucher un ancien passage ou bien ceux qui attendaient d'elle un service constant l'avaient montée de telle façon qu'elle pût obéir à une série de ressorts destinés à la faire mouvoir sur elle même ou à l'abattre.

Contrairement à ce qu'ils espéraient, les deux hommes ne trouvèrent rien ; partout les joints étaient parfaits, aucune saillie, aucun creux en dehors de la gravure dont le bout du doigt pouvait vérifier la parfaite uniformité, ne révélait la présence d'un ressort, d'un bouton ou d'un levier quelconque.

Pendant une heure ils cherchèrent, auscultant la pierre avec leurs outils, la faisant sonner, exerçant sur ses angles des pressions ou des pesées, tout fut inutile. Elle ne révéla rien. Désolés, ils remontèrent et regagnèrent le bungalow.

— M'est avis, dit Bonin quand il eut caché sous quelques vêtements sa peau de fakir, m'est avis que ces gens ne sont pas assez malins, assez retors, pour inventer les pierres qui tournent.

— Tu te trompes, Bonin, ils sont au contraire malins et retors à souhait, il faut plutôt croire que, désireux d'enfouir ce qu'ils avaient à cacher, ils l'ont fait d'une façon définitive en scellant la pierre aux autres, se réservant de la jeter bas le jour où ils le pourraient faire ouvertement.

« Comment admettre, en effet, qu'ils aient ainsi fait les choses qu'un simple ressort poussé par inadvertance ou par curiosité, par un ouvrier chargé de réparer le puits ou de le curer, puisse réduire à néant toutes les précautions prises. Demain, j'irai rejoindre Roger aux fêtes, je lui ferai part de notre déconvenue.

« Aussitôt que nous serons revenus, nous poursuivrons nos recherches.

Les deux hommes rentrèrent au bungalow sans incident.

Là, Georges, du temps que Bonin enlevait l'ocre dont il était enduit, lui raconta la légende de la pierre sanglante.

— Tu comprends bien, Bonin, il est possible, par un truc adroit et invisible, de faire saigner une pierre poreuse et peut-être percée de mille et mille petit trous. Ceci admis, supposons que, par une pompe ou une pression, on projette avec force un liquide quelconque, il passera par les trous.

— Ça c'est certain.

— Donc, voilà le phénomène expliqué. Le conquérant qui, pas plus que nous, ne croyait au miracle de cette nature, donne des ordres pour faire lever la pierre. Dès la première tentative faite dans ce but, les initiés font disparaître toutes les traces du subterfuge employé et le conquérant ne trouve rien. La pierre continue à laisser couler le liquide dont elle est encore pleine. Alors, il donne l'ordre de murer toutes les portes du temple ; il établit autour une garde et, bien convaincu que sa rigueur ne sera pas inutile, il laisse au temps le soin de la mener à bonne fin.

— Les pauvres types ont dû claquer des dents là dedans, et nous, on se plaignait quand on bouffait trop de singe !

— Ne les plains pas, car lorsque beaucoup plus tard, le conquérant étant mort, on démura le temple, on ne trouva rien dedans ; pas un cadavre, pas un ossement.

— Ça c'est trop fort !

— Non, cela prouve seulement que le temple avait d'autres issues secrètes. Tout est là, Bonin, et nous en reparlerons demain. Bonsoir.

— Bonsoir, mon lieut'nant.

En effet, le lendemain, monté sur un poney, Georges se mettait en route pour Villenour.

Bonin, qui avait son idée et qui y tenait dur comme fer, prit un prétexte quelconque pour ne point suivre son lieutenant, mais une heure après le départ de celui-ci, il s'en alla à son tour prendre le train pour Madras, il en revint le soir même portant un paquet long, assez lourd, et quand il fut seul au bungalow, il déballa ses achats et parut éprouver une assez vive satisfaction à contempler une pince assez courte mais robuste, un solide marteau et des ciseaux à froid, puis vers le soir, tout en flânant, il s'en alla jeter le tout dans le puits puis, à minuit, sous les espèces d'un fakir il effectua sa troisième descente.

Pendant toute la nuit et la journée du lendemain, ainsi qu'une partie de la nuit, le bungalow resta fermé, mais si quelque curieux eût jeté un regard dans le placard aux provisions, l'absence d'une boîte de conserves, d'un paquet de biscuits et d'un flacon de vin, lui eût, pour peu qu'il fût doué d'un esprit perspicace, expliqué bien des choses.

Georges et Roger rentrèrent avant la fin des fêtes ; tous deux écrivirent longuement à Achille Bistouret, mais ne firent pas encore partir la lettre, puis Bonin fut interrogé sur la dépense qu'il avait faite et inscrite sur son livre de comptes.

Bonin était d'une nature franche, il ne fit aucun mystère.

— Je suis, dit-il, resté une nuit, un jour, que j'ai employés à dormir, puis la moitié de l'autre nuit, au fond de ce puits du Diable ; je vous assure que ce n'est pas un endroit à inscrire comme étape charmante dans un voyage de noces, mais je ne me repens pas de l'avoir fait — ce qu'il y a de bêtes dégoûtantes dedans, c'est à ne pas croire, sans compter les crapauds, qui paraissent, tant ils sont dodus, vivre là depuis des siècles en toute tranquillité.

« J'ai donc attaqué la pierre dans un angle, à l'aide de cette pince, mon intention était de la desceller entièrement et de la faire tomber, mais je n'ai pas eu besoin de déployer tant d'efforts, un morceau s'est cassé et par cette ouverture j'ai pu passer ma pince et creuser assez profondément. Ainsi, j'ai amené assez de terre en tous points semblable à celle du sol pour me convaincre que, derrière la pierre, l'issue qui pouvait exister a été comblée ; j'ai voulu pousser plus loin, j'ai sondé le sol tout autour de la paroi de la muraille, je l'ai encore sondé en croix allant d'un bord à l'autre, à mon avis, il n'existe rien.

Les deux jeunes gens multiplièrent les questions, mais à toutes Bonin offrit une réponse victorieuse : il ajouta qu'après avoir fait sauter le ciment sertisseur, il avait passé la lame de son couteau dans la rainure ainsi créée et nulle part cette lame n'avait rencontré de gonds ou de système de fermeture.

— Comment expliquer alors, dit Georges, que ce puits perd son eau avant celui de la forteresse, il y a certainement quelque chose qui t'a échappé.

— Je ne crois pas, mais je puis y retourner.

— Nous irons tous trois, dit Roger péremptoire.

— C'est imprudent, fit remarquer Bonin.

— Pas plus que de vous avoir laissé y aller seul, répliqua sèchement Roger.

Ce fut Georges qui, une fois de plus, évita l'orage...

— Nous irons tous deux, dit-il à Roger, et comme les sourdas sont revenus, qu'il faut les surveiller, Bonin restera au bungalow pour avoir l'œil sur eux.

Bonin fut chagriné, mais il n'en fit rien voir et quitta les deux jeunes hommes pour aller passer sa mauvaise humeur sur le conducteur des sourdas, qui était loin de s'attendre à l'aventure.

La nuit suivante, Roger et Georges se rendirent au puits. Toujours en proie à sa mauvaise humeur, Bonin se contenta de mettre les sourdas sous clé et s'en alla errer dans la campagne, souhaitant, tout au fond de lui-même, de rencontrer quelqu'un qui lui cherchât noise, mais il ne rencontra personne et s'en alla explorer, sans savoir pourquoi, tout le plateau sur un coin duquel sont assis l'Aldée de Vellove, la Forteresse et la Pagode.

Pendant ce temps, Georges et Roger étaient arrivés au fond du puits. Ils examinèrent attentivement les traces laissées par les travaux de Bonin et se convainquirent que le brave garçon n'avait épargné ni fatigue ni intelligence; mais cependant Roger, en approchant sa lampe d'une pierre qui lui parut bizarre, remarqua qu'elle était entièrement couverte de champignons d'une petite espèce. Cette pierre située à environ 60 centimètres du fond avait très bien pu échapper à l'œil chercheur de Bonin, car à cette hauteur presque toutes les pierres étaient pourvues de cette végétation, mais celle-ci en paraissait plus fournie que les autres ; avec son couteau il fit tomber les cryptogames et alors apparurent des caractères non pas gravés en creux, mais dessinés par une série de petits orifices. C'étaient trois caractères sanscrits.

Chacun de ces caractères pouvait avoir 40 centimètres de hauteur et était formulé, le premier par 2 trous, le second par 24, le troisième par 4., la barre de reliement qui les dominait comportait 40 trous, soit au total 139 trous dont chacun pouvait avoir trois centimètres de diamètre.

Georges enfonça son doigt dans l'un deux et constata que ce doigt restait entouré par la pierre, mais dans un sens de déclivité assez prononcé.

Roger qui avait apporté la pince se mit en devoir de desceller cette pierre qui pouvait avoir soixante à soixante-cinq centimètres sur son plus long côté, il eut moins de mal à y parvenir qu'ils ne l'avaient craint tous deux. La pierre en tombant entraîna avec elle des fragments de poterie et les deux hommes virent que cette pierre masquait un conduit de terre cuite dont la paroi inférieure était tapissée d'un lit de vase.

C'était une prise d'eau qu'ils venaient de découvrir, en même temps que la raison de l'assèchement prématuré du puits, cette prise d'eau paraissait s'enfoncer sous terre par une pente assez rapide. Ils y enfoncèrent le bras à tour de rôle et ne rencontrèrent pas d'obstacle. Son diamètre pouvait laisser passer un enfant, mais il était absolument insuffisant pour livrer passage à un homme, si peu corpulent fût-il.

L'heure s'avançait, le jour allait paraître, les deux travailleurs remirent à peu près tout en place et regagnèrent le sol, mais ils n'avaient ni l'astuce, ni la grande méfiance de Bonin et ils ne s'aperçurent pas que, derrière eux, un homme, un Indou les suivait.

Dès qu'ils furent rentrés, ils s'inquiétèrent de Bonin, mais celui-ci n'était pas dans sa chambre.

— Où diable est-il ? dit Georges.

— En train de compromettre encore notre affaire, dit Roger, tu avais bien besoin de t'encombrer de ce brouillon prétentieux et vulgaire.

— Tu es injuste, dit Georges, c'est lui qui nous a mis sur la piste.

— Que nous aurions trouvée sans lui ; en tout cas, j'entends que tu ne lui dises rien de ce que nous avons découvert, et j'ai pour cela une excellente raison.

— Laquelle ?

— Celle-ci, nous n'avons pas le droit de l'associer à nos recherches. Bistouret s'est confié à deux hommes et non à trois.

— Soit, fit Georges, après un moment de silence, je ne lui dirai rien.

Satisfait, Roger entraîna Georges vers la table et là, sur une feuille de papier dressa rapidement le plan assez exact de Vellove.

— Voici, dit-il, ce que me suggère notre découverte. Tu vois ici l'emplacement du puits, celui de la pagode, or d'après l'orientation du conduit que nous avons découvert, c'est vers la pagode qu'il se dirige. De plus, dans le manuscrit il est dit : *Quand l'arbre perdra son image, il verra la pierre.* Ceci veut dire quand le soleil sera à son zénith, c'est-à-dire quand la lumière descendra jusqu'au fond du puits, la pierre sera éclairée et parfaitement lisible. c'est le cas. Je disais que la conduite d'eau se dirige vers la pagode, elle y alimenterait donc un endroit quelconque de ce temple. Or, au cours de notre visite, nous n'avons relevé aucun autre puits, aucune citerne, de plus le sol du temple domine au moins de trente mètres le fond du puits de l'Aldée, donc cette eau captée qui va vers la pagode ne peut alimenter que le sous sol de celle-ci.

— Les déductions paraissent justes, quels sont alors tes projets ?

— Nous établir à tour de rôle dans le temple, secrètement, y chercher l'accès qui doit exister des sous-sols ; dès que nous l'aurons découvert, nous serons, je crois, au bout de nos peines.

— Dans ce cas, ne crois-tu pas que nous pourrions avertir Bistouret du faisceau de nos découvertes, peut-être pourra-t-il, s'il ne consent à venir, diriger de loin nos recherches ?

— C'est à quoi il faut s'en tenir.

Les deux jeunes gens bâtirent le canevas d'une très longue lettre, puis l'heure où tout travail devient possible étant sonnée, ils allèrent faire la sieste.

A l'issue de celle-ci, Bonin entra dans la chambre de Georges et tenta de savoir le résultat de l'expédition nocturne.

— Mon pauvre Bonin, dit Georges, je ne puis rien te dire, je l'ai promis.

— Ah ! fit l'ancien canonnier après une minute de surprise. Ça va bien, mon lieutenant, j'sais que vous n'êtes pour rien dans cette affaire, soyez fidèle à votre parole, je ne vous en voudrai pas ; puis il tourna les talons et s'en alla laissant Georges navré.

Mais, dans l'après-midi, comme ils venaient de terminer la lettre à Bistouret, Bonin se présenta.

— Mon lieut'nant, dit-il, je viens vous demander une faveur.

— Laquelle ? mon vieux Bonin.

— Assez d'argent pour rentrer en France, en troisième classe, bien entendu, je ne suis pas glorieux et ça va aussi vite que les premières, mais du moment qu'on se méfie de moi, je n'ai plus rien à faire ici. Surveiller les sourdas, c'est pas mon genre.

— Je ne me méfie pas de toi, Bonin.

— Ni moi non plus, fit Roger, mais...

Bonin ne le laissa pas finir.

— Alors, dit-il, jouons carte sur table, donnant, donnant, voilà : Je sais que vous cherchez un trésor, ce trésor, je veux le chercher avec vous. Non pas pour la galette, bien sûr, à cet égard j'ai la parole de mon lieutenant et ça me suffit, seulement je veux être des vôtres, autrement je m'en vais et vous y perdrez.

— Vraiment, fit Roger avec hauteur.

— Oui, vraiment, et vous y perdrez gros, en voici une preuve, tenez :

En même temps Bonin jeta sur la table une feuille de bambou sur laquelle, avec une pointe de métal un mot était gravé.

— Ça veut dire puits, continua Bonin, j'ai trouvé ça dans le petit trou que je vous ai signalé, c'est écrit par un de nos sourdas et c'est adressé au Boche sac de puces. Donc, du côté du puits, vous êtes grillés, il n'y a plus rien à y faire sans risquer d'avoir le sac machin sur le dos à toutes les heures du jour et de la nuit ; ce n'est d'ailleurs pas du côté du puits qu'il faut chercher.

— Et ou ça, s'il vous plaît, monsieur Bonin ? demanda Roger toujours en proie aux mêmes sentiments hostiles.

— Quand vous aurez répondu à cette question : Suis-je des vôtres et franc jeu, je répondrai.

Georges intervint :

— En ce qui me concerne, je t'ai toujours considéré comme un associé.

— Moi pas, dit Roger sèchement. D'ailleurs, puisque M. Bonin soulève cet incident, mieux vaut en finir de suite sur un tas de choses délicates et graves. Veuillez nous laisser, monsieur Bonin.

Bonin consulta d'un regard son lieutenant et sur un signe de celui-ci il sortit, et s'en alla passer sa mauvaise humeur sur le cuisinier.

CHAPITRE XIII

DES EXPLICATIONS — UNE RUPTURE — UNE PARTIE DE CHASSE

Dès que Bonin fut sorti de la pièce, Roger se leva et fit quelques pas en silence. Evidemment son embarras était visible. Maintenant qu'il se trouvait acculé à l'explication qu'il avait fait naître, il ne savait plus comment l'aborder. Georges, qui vit ce trouble, ne fit rien pour le dissiper, il se leva aussi et alla s'appuyer auprès de la baie ouverte sur l'aldée.

Enfin Roger eût un geste comme pour dissiper son irrésolution et marcha à Georges.

— Ecoute : avant tout j'ai le devoir de faire disparaître l'équivoque qui existe entre nous, mais sous quelque aspect que t'apparaisse ma conduite, je ne pouvais en avoir une autre ; elle se manifeste avant la tienne, car tôt ou tard tu aurais agi comme moi, voilà tout.

« Quelquefois, Georges, les passions dominent les esprits les plus froids et les plus pénétrés de leur devoir ou de leur affection, c'est mon cas et c'est ce qui amène cette explication nécessaire, entre nous... D'elle peut naître la paix ou la guerre...

Georges ne fit aucun mouvement ; toujours adossé à la baie, il écoutait impassible, les bras croisés.

— Je t'ai caché une chose qu'il me faut te dire maintenant. Au reçu de notre première lettre, Bistouret a télégraphié son départ. Il est en route. Vient-il avec sa petite-fille, vient-il seul, je l'ignore, mais dès maintenant, apprends si tu l'ignores que j'aime Mlle Lise et que je la disputerai au monde entier, même à toi. J'ai cru comprendre que toi aussi tu l'aimes et que, comme moi, la seule espérance de la conquérir, en servant les intérêts de son grand-père, t'a conduit ici, plutôt que la recherche d'un trésor hypothétique. Est-ce vrai ?

— C'est vrai.

La pâleur envahit le visage de Roger, dont le caractère semblait pourtant capable de dominer les émotions qui pouvaient l'agiter. Il eût un geste violent que cependant il restreignit, voulant garder son calme.

— Tu n'es pas, continua-t-il, bien entendu, disposé à abandonner aucune de tes espérances ?

— Aucune.

— Même contre moi ?

— Même contre toi. Cependant je dois te faire remarquer, car tu sembles n'y avoir pas pensé, qu'avant de nous disputer cette jeune fille, il faut savoir si l'un ou l'autre de nous lui plaît.

— Cela dépend d'elle, en effet, mais ce qui dépend de nous, c'est qu'elle ne trouve en face d'elle qu'un aspirant à sa main.

— Lequel ?

— Moi dit Roger.

— Sinon ?

— Sinon c'est la guerre.

— Ce sera donc la guerre, dit Georges, quoiqu'il m'en coûte et quoique cela m'apparaisse comme profondément ridicule. Il y a une certaine fable de La Fontaine à propos de chasseurs et d'un ours : nous sommes les chasseurs qui disposent de la proie, sans même savoir si elle s'offrira à leur vue.

— C'est de l'esprit, mais ce n'est pas une solution. Que décides-tu ?

— Ce que tu décideras toi-même.

— En ce cas, voici : Ou tu abandonnes tes espérances et nous restons unis vers le même but, où nous nous séparons : alors chacun pour soi.

— Chacun pour soi.

— C'est bien, dit Roger, dès ce soir j'aurai

abandonné le bungalow, je te laisse les serviteurs.

Georges allait dire : Ils me sont inutiles, mais ne dit rien.

— Il nous reste, continua Roger, à partager l'argent, j'y ai pensé. En voici deux parts égales, prends la tienne.

Georges eût un geste d'indifférence.

Roger fit un pas vers la porte et s'arrêtant se retourna :

— Allons c'est la guerre ?

— Non, jamais contre toi, c'est chacun pour soi, voilà tout.

Roger affirma d'un signe de tête et, ouvrant la porte, sortit.

Quand Bonin, que Georges mit au courant de cette brusque rupture sans toutefois lui en dire le vrai motif, apprit qu'enfin il allait être seul avec son lieutenant, il ne cacha ni sa satisfaction ni sa joie.

— Comme ça, maintenant, on va pouvoir se mettre au travail et sérieusement car il y a du travail sur la planche.

— Soit, dit Georges, dont l'ennui et le chagrin étaient visibles, on va se mettre au travail, mais avant, dis-moi, comment as-tu pu savoir que les caractères tamoul qui étaient gravés sur la feuille de bambou veulent désigner le puits ?

— J'suis pas assez malin pour l'avoir trouvé tout seul, seulement je suis allé à la forteresse, j'ai guetté et quand j'ai vu sortir l'officier qui est venu souvent ici, je l'ai abordé et je lui ai demandé ce que c'était, ajoutant que je venais de le trouver à terre.

« — Ça veut dire puits, mon garçon, et c'est du tamoul, c'est-à-dire du langage vulgaire.

« Je l'ai remercié et voilà.

— Tu as bien agi, merci.

— Alors au travail.

Georges se méprit sur le vrai sens de cette déclaration et continua :

— C'est entendu, Bonin, le travail ne me fait pas peur, mais avant je voudrais savoir quelque chose. Tu vas aller de suite — il y a un train qui passe dans un quart d'heure — à Pondichéry ; tu iras à l'agence maritime demander quand arrive le prochain bateau de France et quelle que soit la réponse, tu tâcheras d'avoir la liste des passagers. En consultant cette liste, tu verras si M. Bistouret est à bord.

— Je vole, et je reviens, dit Bonin. En tout cas, demain mon lieut'nant, dès le patronminette, en chasse, nous prendrons chacun un fusil, un revolver et un solide couteau.

— Entendu, dit Georges trop absorbé pour prêter un double sens aux paroles de Bonin.

Bonin était déjà à côté de la porte, Georges lui jeta :

— A propos, vois si M. Bistouret est seul à bord.

Bonin fit oui de la tête et sortit, mais dehors il leva les yeux vers le ciel d'Indra et murmura : Ah ! Jeunesse ! puis il s'en alla de son pas léger, car le climat de l'Inde avait peu de prise sur lui, maigre et sec comme un Basque, et il se remuait dans la chaleur comme un poisson dans l'eau.

Quand il revint après avoir cuit et recuit dans un wagon où il se trouvait avec un vieux brahme qui ne cessait d'égrener un rosaire et qu'il observait minutieusement, il rapportait deux excellentes nouvelles : Le bateau de France devait toucher à Pondichéry dans la huitaine et il détenait dans ses flancs de métal un certain Bistouret et une demoiselle du même nom, en qualité de passagers de seconde classe.

Cette nouvelle ne fut pas sans émouvoir Georges, malgré qu'il s'y attendît un peu. Que lui apportait ce bateau : La possibilité d'une espérance ou la certitude d'un désespoir ? Il eut assez de fermeté de caractère pour ne croire ni à l'une ni à l'autre et il envoya loyalement prévenir Roger de ce qu'il venait d'apprendre. Celui-ci n'ignorait rien, il se contenta de remercier le messager, sans un mot de plus.

Georges employa ce qui restait de la journée à préparer ses armes pour la journée du lendemain et essaya d'interroger Bonin, mais celui-ci se montra très circonspect.

— Mon Dieu, mon lieut'nant, permettez-moi de ne rien vous dire, vraiment je serais trop pantois si je faisais chou-blanc, mais, cependant je crois bien avoir mis le nez sur quelque chose d'intéressant ; en tous cas, nous n'avons rien à faire de si pressé que nous ne puissions consacrer trois ou quatre heures à la chasse.

— Nous chassons, nous ?

— Des fois.

— Mais que chassons-nous ?

— Ça, je n'en sais rien, plume ou peau de balle ou poil, peut-être aussi des bêtes qu'on ne s'attend pas à rencontrer... On verra.

Georges comprit qu'il n'obtiendrait rien de plus, il était trop au fait du caractère de Bonin, il n'insista pas, il le savait dévoué jusqu'à la mort : cela lui suffisait pour qu'il lui donnât carte blanche...

Le lendemain à la première heure du jour, les deux hommes sortirent du bungalow qu'ils laissèrent sous la garde des sourdas. Bonin. lui-même, avait ainsi réglé les choses, supposant avec raison que les Sourdas, mis adroitement au courant de cette chasse et les voyant sortir avec leur attirail, se méprendraient sur le véritable but de la sortie, et les laisseraient aller sans les suivre, ce qui arriva.

Dans le clair matin, et dans l'aldée presque déserte, les deux hommes filèrent rapidement. Contournant la Pagode au Sud, ils entreprirent de grimper jusqu'au sommet du triangle qui constituait le plateau où était bâti le village.

Derrière eux, un Indou sortit d'une masure, poussant devant lui six chèvres faméliques, les deux hommes n'y firent d'abord pas attention et continuèrent leur aride montée. Le sol, sec, sans végétation, calciné, friable, se dérobait sous les pas, rendant la marche très difficile.

Derrière eux, peu à peu, l'aldée, la forteresse et la Pagode semblaient s'enfoncer dans un commencement de brouillard de chaleur, mais Bonin continuait par son allure à entraîner son lieutenant ; à un certain moment il se retourna.

— Ce n'est pas qu'il fasse encore très chaud, dit-il, mais depuis que je me suis installé fakir, les vêtements me sont lourds et puis le fusil pèse aussi son poids... Tiens, qu'est-ce qu'il a à nous suivre, ce client-là ?

C'était l'Indou qui, poussant ses chèvres, gravissait aussi le plateau à cent mètres derrière eux.

— Eh bien, dit Georges, il va faire paître ses chèvres.

— C'est bien ce qui me chagrine, dit Bonin. Pourvu qu'il n'aille pas ou nous allons nous-mêmes ! Laissons-le passer.

Ils s'arrêtèrent comme las et attendirent. L'homme arriva à leur hauteur, il esquissa un salut. Georges l'interpella.

— C'est à toi ces chèvres ?

— Oui, Sahib.

— Où les mènes-tu ?

— Sur l'autre versant, il y a de quoi manger pour elles.

— C'est bien, passe devant. Tiens, voilà pour toi, il donna à la main que tendit l'homme quelques caches que l'Indou cacha dans un pli de son pagne puis il s'inclina.

— Que les Dieux te soient favorables, ô protecteur du pauvre ! Tu es mon père et ma mère.

L'homme s'en alla, estompé dans la poussière que levaient derrière elles les pattes sèches de ses chèvres piétinant le terrain.

— Où diable va-t-il ? dit Bonin.

— Nous le verrons puisqu'il est devant nous.

— Oui, mais il a un vilain regard, je ne lui confiérais pas la vie d'un chien.

L'homme aux chèvres prit une certaine avance et allait redescendre l'autre versant quand Bonin et Georges se remirent en route.

Bientôt le paysage changea d'aspect, la nature se modifiait et ne semblait plus la même, le terrain suivait une pente assez prononcée, des plantes, de rares touffes d'herbes commençaient à paraître, annonçant que la vie renaissait après la stérile désolation parcourue. Bientôt à la stupéfaction de Georges, le terrain sembla manquer et des sommets d'arbres apparurent dans un repli.

— Ça, dit Bonin, c'est un ravin et c'est à lui que nous allons, mais c'est un curieux ravin, vous allez voir.

En effet ce ravin était curieux. Imaginez qu'au cours des luttes entre les bons et les mauvais génies de la mythologie indoue, l'un d'eux ait fendu le sol d'un furieux coup de hache et vous aurez ce ravin. Cette faille c'était large à peine de trente mètres et d'une profondeur de trente-cinq à quarante mètres. Au fond de cette faille devait couler un ruisselet, sa présence était rendue indéniable par l'extraordinaire végétation qui encombrait les flancs de cette faille jusqu'aux bords mêmes de cette véritable blessure qui crevait le sol.

Les deux hommes s'étaient arrêtés au sommet de cette orgie végétale, toute la végétation si diverse et si prodigue de la flore indienne, se pressait, s'enchevêtrait, sourdait du sol dans un fouillis inextricable qui paraissait inaccessible à des pieds humains.

Bonin d'un pas rapide alla jusqu'au bout de la faille jeter un coup d'œil sur l'autre versant du plateau, l'homme aux chèvres l'inquiétait, il le vit, accroupi à cent ou deux cents mètres, et ses chèvres broutaient la végétation d'un sol plus fertile. Cela le tranquillisa, il revint vers son chef :

— C'est surprenant, hein, mon lieutenant. Eh bien ! ce qui l'est encore plus, c'est qu'au lieu de sentir les fleurs ou le vétiver et tout ce qui sent bon dans ce pays du Bon Dieu et comme ce serait son devoir de ravin, au petit matin, cest l'encens qu'il sent, et si nous descendons un peu, nous allons retrouver cette odeur. Seulement ce n'est pas commode et c'est plein d'un tas de vermines.

— Tu y es descendu ?

— Un peu, je voulais savoir pourquoi un ravin qui d'abord se présente honnêtement sent l'encens, à de certaines heures, comme les églises après la messe.

— Alors ?

— Alors rien, mon lieutenant ; j'ai eu peur de faire un impair et je me suis dis : Attends l'avis de ton lieutenant, et je suis remonté.

— Tu as eu raison et de t'abstenir et de juger la chose intéressante ; je ne sais pas où elle nous conduira, peut-être à un petit pagotin enfoui dans la verdure, mais il faut voir. Bien entendu, tu es de cet avis ?

— Des quatre pattes.

— Eh bien ! allons-y !

— Alors suivez-moi en douceur, il y a de quoi se casser cent fois les quatres membres avant la Sainte-Euphrasie qui tombe justement demain.

Après avoir jeté autour de lui un regard soupçonneux, certain de n'être pas épié, Bonin commença prudemment la descente. Trois minutes après tous deux avaient totalement disparu dans la muraille verte et mouvante dans laquelle ils s'avançaient.

Alors, à l'autre bout de la faille, un corps brut glissa dans la poussière, une tête se leva. C'était l'Indou aux chèvres, il se dressa, regarda mieux et, ne voyant pas ce qu'il cherchait, il s'avança le long du ravin en rampant.

CHAPITRE XIV

VERS LA VILLE SOUTERRAINE

Comme l'avait dit Bonin, la descente n'était pas facile.

Devant les deux hommes se présentait une véritable jungle aggravée d'une petite forêt vierge, lianes enchevêtrées, qui prennent les jambes comme en des nœuds coulants, fondrières pleines d'humus où ils entraient jusqu'au-dessus des chevilles, cailloux qui roulaient sous leurs pieds, branchettes ou lianes flexibles et souples qui leur cinglaient le visage ou les enserraient comme avec des tentacules, et tout cela se compliquait encore de la difficulté que présentait la déclivité presque verticale du sol.

Dans les branches, de grands singes sautaient, hurlaient, faisaient claquer leurs mâchoires, les suivaient ou les précédaient; c'étaient de grands cinocéphales, comme beaucoup de temples indous en contiennent, mais insouciants de tout cela, ils allaient comme attirés par un étrange pouvoir, et jusqu'alors la descente s'était effectuée sans accident grave quand, tout à coup, à dix pas devant eux, sortant des herbes et comme un ressort brusquement détendu, un énorme cobra capello se dressa puis, à deux mètres du sol, commença à balancer lentement sur son grand corps flexible sa tête triangulaire dont il déploya le capuchon, en même temps que ses yeux ternes fixaient les deux hommes qui s'arrêtèrent brusquement. Bonin dégagea doucement son fusil.

— Ne tire pas, dit Georges, pour Dieu, ne tire pas !

L'ancien canonnier qui allait viser le reptile abaissa son arme, le cobra se laissa retomber et les deux compagnons entendirent et virent la fuite précipitée à travers les herbes. Georges en le regardant disparaître dit à Bonin :

— C'est un capello, l'un des plus terribles serpents de l'Asie, sa morsure fait plusieurs milliers de victimes par an dans les seules Indes et l'on estime leur nombre à plusieurs centaines par kilomètre carré. Cette jungle doit en être pleine, il nous faut redoubler de précautions si tu ne tiens pas à voir se terminer brusquement ton honorable carrière. Attention où tu mets le pied et ne tire qu'à coup sûr, une blessure mettrait l'animal en fureur et nous aurions tout à redouter.

Bonin hocha la tête.

— Charmant pays, dit-il.

L'Inde lui apparaissait encore sous un jour qui ne lui plaisait que médiocrement : les buffles sacrés qui lui volaient ses salades, les Indous peu sûrs, les prêtres hargneux, les serpents venimeux hors de toutes les proportions qu'il admettait, tout cela ne l'enchantait pas, mais au fond c'était un homme résolu et quand il croyait être sur le bon chemin, il allait jusqu'au bout, malgré les obstacles et malgré les embûches. Il continua donc d'avancer, sans plus rien dire.

Les deux hommes se cramponnant aux lianes, s'accrochant aux branches, posant le pied avec prudence, gagnaient du terrain quand tout à coup l'appui sur lequel Bonin croyait avoir assis sa stabilité céda et le malheureux tomba avec un bruit de branches cassées et de pierrailles roulantes.

Georges se jeta à plat ventre et rampa rapidement car la descente brusque du terrain ne permettait plus une autre façon de progresser jusqu'au-dessus de la partie verticale. Il s'attendait à voir son compagnon broyé au fond du ravin, mais au contraire, il vit l'ancien canonnier assis sur une sorte de plate-forme, se tâtant les membres et les faisant jouer les uns après les autres.

En levant la tête, il aperçut Georges, quelque chose comme un sourire flotta sur ses lèvres, mais d'un geste il commanda le silence et rapidement il ouvrit sa veste de toile et com mença à dérouler une cordelette mince, mais qui paraissait à toute épreuve ; il l'avait achetée à Pondichéry et choisie avec soin, cette corde, il l'avait nouée de mètre en mètre, il avait fait ainsi dix nœuds et l'avait emportée roulée autour de lui, comme il l'avait fait pour la corde qui l'avait aidé à descendre dans le puits de l'aldée. Quand il eut roulé cette corde comme un lasso, il la fit tournoyer à bout de bras et la lança à Georges.

Celui-ci avait compris la tactique de Bonin, il reçut la corde, l'attacha au fût d'un arbre et la saisissant il se laissa couler jusqu'auprès de son compagnon ; la chute qu'avait fait celui-ci n'était pas considérable, mais il était tombé sur les pieds puis sur le dos.

— Je sonne comme une cloche, dit-il à Georges qui l'avait pris dans ses bras, il me semble que je marche sur du feu, tant les pieds me font mal, mais vous pouvez me lâcher, mon lieutenant, je tiens sur mes pieds et le saut en valait la peine, voyez.

Georges suivit du regard le geste de Bonin et resta muet de surprise, tout palpitant d'espoir.

Allait-il, par un coup de bonheur imprévu, se trouver en face du problème trouvé.

Allait-il, lui, avant tout autre, pénétrer plus loin que les plus ardents désirs de Bistouret ne le comportaient ?

Allait-il enfin pouvoir caresser ce rêve qu'il croyait irréalisable et dont Lise était le but ?

Les deux hommes se trouvaient au seuil d'une large mais très basse ouverture, cette baie était encadrée de chaque côté par deux énormes éléphants de granit, symboles de la sagesse, qui semblaient soutenir sur leur dos puissant toute la colline, mais le temps, les guerres les avaient mutilés de telle façon qu'on ne pouvait, par l'ensemble de leurs lignes, leur attribuer un âge.

Au centre de ces deux hautes et impressionnantes figures s'ouvrait une sorte de couloir, encore en déclive et plein de ténèbres. Sans un mot, mus par la même intense curiosité, les deux hommes se hasardèrent dans cette nuit et y firent quelques pas.

Une odeur d'aromates et d'encens les saisit aux narines, odeur vieille, qui traînait dans cette atmosphère et dont les pierres semblaient imprégnées. Mais leur course ne fut pas longue, ils durent bientôt s'arrêter ; ils sentaient passer entre leurs pieds des reptiles et des bêtes dont ils ne pouvaient connaître la nature ; sur leur tête, le vol lourd de chauves-souris et d'oiseaux nocturnes les gênaient dans leur marche tâtonnante, le sol à un moment se déroba sous la marche prudente de Bonin qui se mit à genoux, tâtant devant lui.

— Il y a devant moi un trou énorme, mon bras plonge dedans sans trouver le fond.

— Il nous faut remonter, dit Georges, nous ne sommes pas équipés pour aller plus loin nous reviendrons cette nuit.

— C'est un escalier, où ce doit être un escalier, il me semble que ma main pose sur une marche en ruines.

Georges l'entendit qui descendait, il le suivit, mais l'escalier, car Bonin avait deviné juste, présentait, au jugé, tant de solutions de continuité que les deux hommes durent revenir sur leurs pas, Bonin un peu boitillant et furieux de n'avoir pu poursuivre l'expédition jusqu'au bout. Ils reprirent pied sur la petite plate-forme, et déjà Bonin allait s'asseoir pour donner un peu de soulagement à ses pieds quand une exclamation de Georges lui fit lever la tête.

L'Indou, l'homme aux chèvres, était en haut de la déclivité et essayait avec heureusement un mauvais couteau de couper la corde. Bonin ne sentit plus sa douleur ; d'un bond, il empoigna la corde et en deux ou trois tractions, il arriva en haut, l'homme voulut le frapper, mais Georges, armant son fusil, le coucha en joue, l'Indou n'eut pas le courage de continuer son œuvre, il se releva et prit la fuite. Bonin prit pied sur le sol et sans plus sentir la douleur de ses pieds encore cuisants et endoloris il se lança à sa poursuite.

Le chevrier avait sur son poursuivant l'avantage de connaître les lieux et de pouvoir s'y mouvoir avec facilité, mais le sahib avait, lui, son mépris du danger et son jugement ; par un rapide crochet, il gagna sur le fuyard, fut sur lui en un instant et d'un magistral coup de poing sur la nuque l'étendit net, au moment où Georges le rejoignait.

— Vous avez la corde, mon lieut'nant ?

— Oui, la voici.

En moins d'une minute, l'homme d'ailleurs assommé fut étroitement amarré.

— Tu ne penses pas que nous puissions l'amener ainsi à Vellove, dit Georges.

— Non, bien sûr, mais ce gars-là n'est pas catholique; ou il est payé pour nous espionner ou nous détruire, ou il agit dans le même esprit pour son propre compte, c'est ce qu'il faut savoir.

— Bon, mais maintenant que vas-tu en faire ?

— L'amarrer à un arbre avec vos bretelles de fusils, nous le retrouverons pour causer cette nuit.

L'Indou qui, comme presque tous les habitants des anciennes possessions françaises entendait le français et le parlait, manifesta, à l'idée de rester seul dans le bois, une profonde terreur.

— Oh ! sahib, dit-il à Georges, qu'il sentait être le chef, que suis-je maintenant dans tes mains ?

— Peu de chose, en effet, dit Bonin.

— J'ai encouru ta colère, sahib, mais pourquoi as-tu voulu connaître ce qui doit rester caché ?

— Qu'es-tu ? A quelle secte appartiens-tu ?

— Je sers le grand Siva, le formidable, le destructeur, l'inébranlable.

— Pourquoi voulais-tu nous tuer ?

L'homme ne baissa pas la tête, mais son regard évita le regard des deux hommes posé sur lui et ne répondit pas.

— Tu sais qu'un attentat contre un sahib est puni ?

— Je le sais.

— Nous avons donc le droit de déposer une plainte contre toi et de te faire mettre en prison.

— Vous en avez le droit, Puissance du ciel, protecteur du pauvre, mais ne me laissez pas dans les ténèbres et dans ce bois.

— Tu as peur des génies de la nuit et des mauvais morts ?

Cette fois, l'homme baissa la tête.

— Allons, parle, peut-être, si tu dis la vérité, par tous les dieux que tu vénères, te ramènerons-nous à Vellove, sans rien faire contre toi. Pourquoi nous suivais-tu ?

— On me l'a commandé.

— Qui ?

— Un sahib.

— Lequel ?

— Celui qui parle une autre langue aussi.

— Le boche, dit Bonin.

— Il est gros et il porte des lunettes d'or ? reprit Georges.

— Oui. Puissance du ciel.

— Pourquoi nous fait-il suivre ?

— Pour savoir où vous allez.

— Le lui diras-tu ?

L'homme garda un instant le silence puis répondit :

— J'ai juré par Indra et sur la queue de la vache que je le lui dirai.

Georges et Bonin échangèrent un regard.

— M'est avis, mon lieut'nant, de laisser ce citoyen ici jusqu'au moment où nous y reviendrons nous-mêmes. Son premier soin, si nous le lâchons, sera d'aller prévenir l'autre de ce que nous avons découvert et celui-ci n'ignore pas ce que cache le souterrain.

— Nous ne pouvons le laisser là, dit Georges, ses chèvres retourneraient au village et donneraient l'éveil sur sa disparition ; alors on le cherchera, il appellera et on le trouvera. Bien entendu, il parlera et notre cruauté, car c'en est une de le livrer à la peur, ne servira de rien.

— Mais, mon lieut'nant, si cet homme avait coupé la corde, où serions-nous ?

— Oui, mais il ne l'a pas coupée, nous ne sommes que devant l'intention d'un crime et non du crime lui-même.

— Alors, mon lieut'nant, que voulez-vous faire ?

— Empêcher cet homme de nous nuire, sans cependant le laisser ici, ce qui, encore une fois, serait inutile ; nous le retrouverons, que diable !

— Pas sûr ; enfin, mon lieut'nant, à vos ordres, dit Bonin avec un sentiment de regret qu'il ne cacha pas.

Georges eut un geste d'impatience.

— Allons, ne te bute pas, aide-moi plutôt à trouver une solution.

Bonin s'absorba une minute.

— Je ne vois rien qui ne soit imprudent, dit-il, d'ailleurs, je vous ferai remarquer que nous devons revenir ici aussitôt la nuit faite, qu'est-ce qu'une couple d'heures, même pour un froussard de cette espèce ? Pour l'empêcher de crier, on le bâillonnera. Voilà mon opinion et je suis incapable d'en avoir une autre.

Malgré sa répugnance, Georges fut obligé de reconnaître que Bonin avait raison, il n'avait d'ailleurs par lui-même aucune autre solution à faire valoir, il finit donc par consentir.

L'ancien canonnier n'attendait que cet acquiescement pour agir : en un tournemain, il eut amarré solidement l'homme au tronc d'un arbre puis avec son mouchoir il le bâillonna très artistement, lui laissant, car il était humain, la faculté de respirer , mais comme Bonin était aussi un homme de précaution, il ajouta comme lien supplémentaire une liane qui passant sous le menton se nouait sur le sommet de la tête, tenant ainsi les mâchoires et empêchant les mouvements de la bouche.

L'Indou avait encore essayé de fléchir les deux hommes, mais la résolution de Georges était prise, tout fut inutile.

Le prisonnier fut laissé là et les deux blancs regagnèrent Vellove où leur absence n'avait soulevé aucune inquiétude, ni leur retour aucun soupçon, car Bonin ramenait deux canards, tués au vol.

Sur le soir, on heurta à la porte du bungalow et l'un des sourdas amena dans la pièce où se tenaient les deux hommes, une ancienne connaissance. C'était Von Sachnussem.

Après l'échange de quelques politesses et de quelques banalités courantes, Georges jeta un coup d'œil à Bonin qui comprit et sortit. Alors, seulement, l'Allemand, dont nous ferons grâce du jargon, entra dans le but de sa visite inattendue.

— Monsieur, dit-il, je viens loyalement vous proposer une chose dont tous deux nous pouvons tirer de grands avantages.

Georges s'inclina.

— J'ai appris, continua Sachnussem, comme tout le monde — j'entends tout le monde, les quelques blancs que nous sommes ici — que vous vous étiez séparé de votre compagnon.

— Nous avons en effet quelques divergences d'opinions à propos du travail que nous devons effectuer ici, mais cela ne nous sépare pas au sens absolu du mot et jamais, monsieur, nos relations n'ont été rompues.

L'Allemand eut un sourire équivoque :

— Ce n'est pas ce qu'on dit, mais, cependant, je ne saurais mettre en doute vos paroles. Pourtant, j'aurais cru que vos dissentiments étaient plus graves et que la rupture était complète, et c'est ce qui m'a encouragé à cette démarche.

Il y eut une pause ; d'un geste, Georges l'invita à continuer :

— Je venais vous dire : Nous cherchons tous trois le même objet, vous vous êtes séparé de votre associé qui veut le chercher seul. Or, en toute chose, on est plus fort à deux qu'isolé. Associons-nous à parts égales et j'ose vous affirmer que mon concours vous sera précieux, comme le vôtre peut m'être utile.

— C'est parlé franchement, dit Georges, mais je ne vous comprends pas, ou pas très bien, vous devez, monsieur, commettre une grave erreur sur le motif de ma présence aux Indes ; en quoi, je vous prie, une alliance avec vous peut servir certains projets et quels projets ?

— Les vôtres.

— Je n'en ai pas, je suis venu ici pour faire certaines recherches paléographiques, seriez-vous paléographe ? Mais pour les miennes, elles ne sont pas tellement compliquées que, tout espoir perdu, il me faille avoir recours à votre science.

L'Allemand se leva.

— C'est là votre dernier mot ?

— C'est du moins la seule réponse que je puisse faire à votre proposition.

— En ce cas, vous ne serez pas surpris si je vous traite en concurrent.

— Aucunement, bien que ne le comprenant pas.

Sachnussem avait totalement changé d'allure, de souriant qu'il était entré, il était devenu fermé et derrière ses lunettes d'or son regard s'allumait d'une flamme méchante.

— Considérez donc ma visite comme non faite.

— Pas du tout, monsieur Sachnussem, vous n'y pensez pas, si elle reste sans objet, je n'en garderai pas moins le souvenir, je vous l'assure.

L'Allemand salua. Georges lui rendit son salut et l'accompagna jusqu'au seuil, mais Von Sachnussem s'arrêta là.

— Ceux, dit-il, avec une certaine menace, qui ne sont pas avec moi sont contre moi.

— C'est un honneur que j'apprécie, dit Georges, et il referma la porte.

Quand Bonin apprit l'objet de la visite de l'Allemand, il hocha la tête et se prit le menton.

— Ça, dit-il. c'est mauvais et c'est bon, c'est bon en ce sens que ce sac à puces a besoin de nous : donc il ne sait rien ou pas grand'chose ; mais c'est mauvais parce qu'il va encore resserrer les mailles du filet qu'il tend autour de nous. Il va falloir se méfier double, nous sommes repérés.

— Ce n'est pas d'hier.

— Non, bien sûr, mais ce failli chien qui a dû échouer auprès de M. Roger, comme il a échoué auprès de vous, compliquera son ambition de sa rancune et, croyez-moi, ça va barder.

— Eh bien ! Bonin, ce ne sera pas la première fois que nous nous trouverons face à face, eux et nous.

— Non, et ça ne me fait pas peur.

— Alors tout va bien.

— C'est mon avis, mon lieut'nant, mais si vous m'en croyez, faut s'apprêter à aller retrouver l'autre, qui est au frais, là-bas.

A onze heures, les deux hommes étaient prêts. L'ancien canonnier emportait sa grosse corde, deux solides couteaux, des lampes électriques et une à acétylène, enfin les pistolets automatiques, puis ils filèrent dans la nuit après avoir enfermé les sourdas.

Ils retrouvèrent l'Indou presque mort de peur, ils le détachèrent, mais il n'était pas dans leur intention de le laisser aller, Bonin le planta sur ses pieds et lui dit :

— Viens avec nous, là où tu as voulu couper la corde, mon vieux trouillard.

Docile et rassuré par la présence des blancs, car chacun sait que les esprits de la nuit évitent leur présence, il marcha jusqu'à l'extrême limite de la déclivité et là s'arrêta. Bonin attacha sa corde au fût du même arbre que précédemment, puis il se laissa glisser jusque sur la petite plate-forme.

— Envoyez-moi l'Indou, mon lieut'nant.

L'homme ne se fit pas répéter l'invitation, il se laissa glisser, Bonin le reçut dans ses bras mais sans aucune aménité et le bourra dans un coin où, pendant que son lieutenant venait le rejoindre, il le ligota de nouveau avec les bretelles de fusil.

L'homme se mit à gémir, mais on le laissa faire et les deux hommes, guidés par la petite lampe que Bonin tenait à la main, firent leurs premiers pas vers la ville souterraine.

CHAPITRE XV

ROGER

Si Georges avait été profondément affecté par l'attitude de Roger à son égard, s'il en avait souffert dans sa fierté et dans son affection, il n'en n'avait pas été de même pour lui.

Cette rupture lui apparaissait comme une délivrance, et il se croyait quitte envers son ancien ami, par la brutale franchise qu'il avait employée et qu'il prenait, ou voulait prendre pour de la loyauté.

Il trouvait son excuse dans son amour et se disait qu'il aurait fait un métier de dupe que de continuer à chercher le trésor de Siva en collaboration avec Gorges.

En cas de réussite, ils se fussent trouvés sur un pied de parfaite égalité avec Georges, sans plus de chance que son ami, et la jeune fille au cas où elle aurait aimé l'un aurait dû compter avec l'autre.

Désormais, il était seul, avec ses chances à courir, il se flattait d'avoir rendu la position moins équivoque ; dans le fond, il n'avait pas tout à fait tort.

Si de son côté Georges était plein de doute sur le cœur de la jeune fille car, comme tous les sentimentaux, il était indécis et timide, Roger, lui, était résolu :

— Il faudra qu'elle m'aime, se disait-il, et elle m'aimera !

Cette affirmation qu'il se donnait calmait sa fièvre, car il avait une absolue confiance en lui-même, et la lutte avec Georges, dont il mésestimait le caractère, lui apparaissait comme absolument puérile et négligeable.

— Que je réussisse seulement, sinon à trouver ce que cherche Bistouret, du moins à lui fournir des renseignements précieux, que Georges n'en apporte pas davantage et nous verrons !

Telle était l'ordre de ses pensées, et il ne lui venait pas à l'idée qu'ainsi il trahissait non seulement l'amitié qui l'avait uni à son compagnon, mais aussi la part du mandat qu'il avait reçu du vieux savant.

D'ailleurs, son caractère entier n'était pas fait pour s'embarrasser de scrupules, il allait où sa passion le conduisait, quand il croyait cette passion légitime.

Quand Georges l'avait fait informer que Bistouret et sa fille étaient à bord du bateau, en route pour Pondichéry, il avait répondu qu'il le savait. C'était la vérité.

Comme il s'attendait à voir arriver un jour ou l'autre le vieux savant dévoré d'impatience, comme il savait aussi que sa petite-fille ne le laisserait pas voyager seul, il envoyait tous les huit jours un serviteur discret savoir si, sur les bateaux en route pour l'Inde, ne se trouvaient pas le savant et sa petite-fille.

Quatre jours avant que Georges pensât, lui aussi, à faire faire une démarche semblable, Roger était fixé, mais il n'en avait rien dit à son ami, comptant se présenter seul à la coupée du bâtiment quand celui-ci prendrait ses amarres.

Malheureusement, depuis sa séparation d'avec Georges, Roger n'avait fait aucune découverte. Il avait de nouveau parcouru en détail la pagode, il avait même cherché, en sondant les dalles avec un bâton ferré, si la pierre qui avait saigné était encore là. Si oui, le son la lui indiquerait, alors peut-être tiendrait-il le premier chaînon de cette chaîne invisible encore, mais ses recherches avaient été vaines et, de ce côté, il abandonna la partie.

Il retourna au puits, le sonda de nouveau, l'examinant avec encore plus de soin que la première fois, mais il dut se convaincre que les caractères sanscrits percés dans la pierre donnaient bien sur un conduit, destiné soit à prendre de l'eau dans le puits, soit à en apporter.

Il pensa un moment à entreprendre des travaux dans le but de rechercher où conduisait cette canalisation, mais outre que ce travail eût été prodigieux et coûteux, les autorités ne l'eussent pas laissé faire sans en connaître la raison, il ne pouvait la dire.

Il pensa s'ouvrir de ce qui l'inquiétait à l'officier anglais qui leur avait deux fois servi de cicerone, mais là encore il craignit de mettre un étranger dans la confidence, encore même qu'il eût enveloppé celle-ci de tous les voiles de la diplomatie, c'est-à-dire qu'il eût dit beaucoup de choses fausses pour en obtenir une vraie.

Il était dans un état nerveux excessif, quand Sachnussem demanda à l'entretenir en particulier.

Il venait faire à Roger les propositions qu'il avait faites à Georges.

Le jeune homme l'interrogea avec assez d'habileté pour voir que son tentateur ne savait pas grand'chose de plus que lui.

Il connaissait le puits, la pagode, il avait exploré les deux, mais il ne croyait pas que c'était là qu'il fallait chercher.

La pierre qui saigne, légende ne reposant sur aucune vérité dont on pût faire état, même en tenant compte des déformations qu'une vérité première prend en passant de bouche en bouche et d'âge en âge.

Le puits ? Les caractères mystérieux forés dans la pierre n'étaient ni une formule ni un sésame, c'étaient tout simplement des lettres sanscrites, probablement les trois premières lettres des noms de celui qui avait foré ce puits, une sorte de signature.

— Selon moi, dit Sachnussem, ce serait plutôt dans la forteresse, sous ses fondations même qu'il faudrait chercher. Elle a l'âge de la pagode si elle ne lui est pas antérieure et rien ne dit qu'une chambre de sûreté n'y a pas été ménagée au temps de sa construction.

Malgré tout, Roger était trop adroit pour se livrer en disant ce qu'il savait ou ce qu'il croyait savoir.

— Mon Dieu, monsieur, dit-il à Sachnussem, je crois que vous nous abusez étrangement sur le motif de nos recherches, elles sont purement scientifiques.

— Les miennes aussi.

— Vous m'avez dit, vous nous aviez dit que vous cherchiez un trésor ?

— Un trésor scientifique, cher monsieur, une découverte qui fixe un point d'histoire, qui dissipe une erreur, qui établit une vérité, n'équivaut-elle pas à un véritable trésor ?

Roger s'inclina légèrement avec un sourire.

Sachnussem feignit ne point le voir.

— Permettez-moi d'insister encore, dit-il, considérez que nous voici désormais trois à tourner autour du même but, trois à nous gêner, trois à nous suivre mutuellement, alors que nos forces associées pourraient être si utilement employées.

Ce raisonnement frappa Roger, mais il n'en fit rien voir, d'ailleurs il était trop tard pour y songer, et alors même qu'il en eût été temps encore, il aurait été indispensable de prévenir Bistouret et avoir son assentiment pour former une pareille association.

Cependant, il ne voulut pas renvoyer Sachnussem d'une façon définitive et tout en feignant de regretter de ne pouvoir accepter ses propositions, il le congédia sans le décourager, mais il avait appris au cours de cet entretien que Georges aussi avait éconduit l'Allemand.

Resté seul, Roger se dit qu'au demeurant Sachnussem pouvait se révéler utile, d'ailleurs Georges n'avait-il pas associé Bonin à leur entreprise, qui pouvait l'empêcher, lui, d'en faire autant, pour le bien de la cause ?

Le soir même, il apprenait au cercle, de la bouche du même officier qu'à Gaudalour, existaient les ruines d'un ancien temple très important et qui devait encore recéler, pour un chercheur, des choses intéressantes.

CHAPITRE XVI

VERS LES TÉNÈBRES

Nous avons laissé Georges et son fidèle Bonin au seuil du petit couloir obscur que gardaient les deux grands éléphants de granit. Après s'être assurés que leur prisonnier était solidement amarré, ils s'enfoncèrent rapidement dans le couloir, la petite lampe électrique projetait en avant des deux hommes son rond de lumière et dévoilait, malgré la rapidité de leur marche, les hautes sculptures où grimaçaient les Dieux du ciel d'Indra.

Sous leurs pas, dans l'atmosphère légèrement humide où ils s'enfonçaient hardiment, des bêtes immondes, troublées dans leur repos ou leur veille, s'enfuyaient ou se jetaient sous leurs pas, mais n'auraient pu arrêter ces deux êtres poussés en avant par la fièvre de la curiosité, de l'intérêt et de l'amour.

Ils arrivèrent rapidement au sommet de l'escalier que Bonin avait reconnu en tâtonnant quelques heures auparavant. Au delà du trou béant où commençaient les degrés, la muraille se dressait, toute droite, avec seulement, gravés dans sa pierre, le symbole du Lingam et du Yoni, un prisme surmonté d'un cône.

Sans hésiter, les deux compagnons mirent le pied sur la première marche, mais il leur fallut toutes les qualités du gymnaste pour poursuivre leur course. Des marches manquaient ou s'étaient éboulées les unes après les autres, montrant jusqu'à l'évidence que depuis de nombreuses années ce passage était inusité ; après de nombreux efforts, ils arrivèrent enfin à un sol uni qui s'enfonçait sous terre en ligne droite ; cette fois, la muraille était nue, à l'exception de quelques inscriptions profondément gravées dans le granit et que Georges reconnut pour être sanscrites, mais que bien entendu il ne put déchiffrer.

Ils firent ainsi dans des méandres compliqués une marche assez longue ; souvent, ils s'engageaient dans une galerie sans issue et devaient revenir sur leurs pas, Georges, en cours de route, comptait les pas faits, et relevait sur son calepin, en notant à peu près la distance, les différentes lignes suivies. Ainsi il releva toutes les courbes, tous les angles droits de ce qui semblait être un labyrinthe, mais sa surprise fut extrême en s'apercevant que peu à peu naissait sous son crayon les trois caractères sanscrits trouvés sur la pierre perforée au fond du puits de l'Aldée.

Dans une pause que firent les deux hommes, Georges montra son travail à Bonin et tous deux reconnurent être arrivés au sommet du dernier cratère. Georges supposait que la branche descendante devait les conduire au but. Bonin estima que la chose serait trop belle et trop simple, qu'il était plus raisonnable d'explorer toutes les ouvertures, comme ils l'avaient fait jusqu'alors afin de ne rien laisser au hasard. Aux deux tiers de la longueur de ce nouveau chemin, ils rencontrèrent une dernière ouverture qui les fit parcourir une double boucle, après laquelle ils s'engagèrent dans un couloir sans issue.

Ils durent refaire le chemin parcouru, pour revenir à l'endroit où Georges avait proposé d'aller de l'avant. Tout cela leur avait pris près de deux heures et au fur et à mesure qu'ils avançaient dans ces méandres souterrains, l'odeur de l'encens devenait plus perceptible, l'atmosphère moins respirable.

Georges, qui marchait le premier, s'arrêta tout à coup si brusquement que Bonin le heurta par derrière en poussant une exclamation de surprise, ils éteignirent en même temps leurs lampes.

Devant eux s'étendaient d'épaisses ténèbres, la voûte au-dessus d'eux se perdait dans la nuit, de même que les hautes murailles lisses qui montaient d'un jet puissant et se perdaient hors de la vue, mais en bas, sous leurs yeux, à peu près à vingt mètres sous le point où ils se trouvaient, une demi-couronne de lumières scintillaient devant la statue d'or de Siva et s'y réfléchissaient.

Huit lampes de sanctuaire décrivaient un demi-cercle devant un très simple autel de granit bleu, exhaussé de trois larges marches et la statue du Dieu dansant dans son cercle de flammes composé de rubis et de diamants, gardé par le serpent aux multiples têtes, s'érigeait sur cet autel, dressé lui-même devant un retrait plein d'ombre.

L'immense salle qui se trouvait sous leurs yeux était bordée de chaque côté, en longueur, par des piliers soutenant une voûte plus basse et surbaissée ; au delà de ces piliers trapus et couronnés de chapiteaux sculptés, ils ne virent plus rien, tant les ténèbres y étaient absolues.

Devant l'autel, à quelques mètres, autant qu'ils en purent juger, s'allongeait la plaque glauque d'un bassin affectant la forme d'un carré long. Les lampes y coulaient leurs reflets, semblables à des lames de lumière frissonnante. Les deux hommes, mus par la même idée de se dissimuler, se mirent à plat ventre, leur tête seule dépassant à peine, dominant le vide. Ils virent alors que l'ouverture au bord de laquelle ils se trouvaient, était une issue aboutissant à un escalier, totalement en ruine. La ruine de celui-ci expliquait celle de l'autre escalier et prouvait, une fois de plus, que ce chemin n'avait pas été foulé par un pied humain depuis de longues années ; tous les degrés étaient tombés les uns sur les autres, encombrant l'une des parties du temple souterrain, au-dessus de laquelle ils se trouvaient.

Ils restaient là béants de surprise, la respiration coupée devant ce spectacle dont la grandeur faite de solitude et de silence les effrayait presque.

Tout à coup, un gong retentit dans un endroit éloigné, frappé solennellement par une main invisible, les ondes sonores se répercutèrent et moururent, puis, sans bruit, comme glissantes, des formes apparurent. D'abord, un homme, un ascète, vêtu comme un brahme, marchait péniblement, soutenu par deux autres brahmes qui guidaient leur marche avec de longs bâtons blancs dont ils tâtaient le sol. Derrière ce groupe, avançaient des femmes, des brahmines, portant les parfums et le feu sacré, puis des corbeilles où s'entassaient les jasmins et les fleurs de lotus. Comme les brahmes elles assuraient leur marche avec de longs bâtons écorcés.

Toute cette théorie s'avançait vers l'autel contournant le bassin sacré d'où la tête et le haut du corps d'un crocodile monstrueux émergèrent un instant et se dérobèrent de nouveau sous la nappe liquide qui reprit son immobilité moirée par les reflets des lampes.

Arrivés aux trois marches qui précédaient l'autel, les deux brahmes qui soutenaient le vieil ascète s'arrêtèrent et lui seul continua sa marche d'un pas plus certain, ses pieds nus retrouvaient un endroit familier et se posaient plus sûrement.

Tout le cortège s'arrêta. Les porteuses du feu sacré posèrent leurs cassolettes sur la première marche de l'autel, la porteuse de parfums y laissa tomber des grains d'encens, tous se prosternèrent, seul le vieillard resta debout et les deux bras levés, les paumes tournées vers le Dieu, se mit à psalmodier, d'une voix cassée, dont les ondes se trouvaient répercutées par les murailles, la prière à Siva.

— O Siva ! Tu es la musique de la nuit et ses délices. Tu es la vie brillante, la lune, le soleil, tu es le masculin et le féminin. Tu es, à toi seul, la terre, le vent, l'eau l'air, le feu. Tu es la vie de tous les êtres, un seul atome ne peut s'ébranler sans ton impulsion. O Dieu à la couleur rouge, à la gorge noire, tu es comme l'araignée au centre de sa toile et dans ces fils roulent, pour y périr, tous les mondes. O créateur du Vega ! O Destructeur ! O Inébranlable !

Les brahmines répétèrent les trois dernières invocations, leur voix fut un murmure, puis le silence se fit. On entendait parfois le heurt léger de grains de chapelet qui se heurtaient, puis le silence retomba, lourd, solennel sur tous ces êtres figés dans leur attitude d'adoration muette. Après un moment, les prosternés se redressèrent et dans le même ordre, le cortège se reforma, le glissement des pas, le tâtonnement des bâtons reprirent, puis ces menus bruits décrurent et le cortège se fondit et disparut dans l'ombre épaisse des voutes surbaissées.

Alors, le grand crocodile sortit de l'eau, comme un gardien vigilant et resta allongé au bord de son eau, sur les dalles. Devant l'autel où brillait encore le feu dans sa cassolette, une petite fumée bleue montait, à peine tremblée à son sommet, avant de se fondre dans l'atmosphère lourde.

— C'est un rêve, dit Georges, comme se parlant à lui-même.

Quant à Bonin, il ne dit rien, ses yeux agrandis et stupéfaits disaient seuls par quelle série de sentiments il venait de passer.

Penché vers lui, Georges lui murmura :

— Tout se dévoile maintenant, le puits de l'Aldée qui ne garde pas son eau autant de temps que celui de la forteresse alimente ce bassin, il doit y avoir aussi dans ce temple une citerne de réserve, tout cela est conforme au manuscrit sanscrit. Nous sommes sur la bonne route, et ceci, Bonin, est très probablement un temple construit ou plutôt creusé par les Khmers il y a plusieurs siècles, peut-être mille ans. Mais qui sont ces gens qui entretiennent ici le culte de Siva dont voici là-bas l'image ?

— C'est peut-être ce qu'on apprendra en descendant y faire un tour, dit Bonin en déroulant sa corde.

Georges n'y contredit pas. Tous deux cher-[illegible] et trouvèrent une saillie dont la solidité leur parut suffisante pour en faire un point d'appui ; ils y nouèrent leur corde et lancèrent le bout flottant dans le vide, ils virent qu'heureusement il atteignait le sommet des éboulements et que dès lors la descente serait plus aisée. Ils n'hésitèrent pas et tous deux descendirent.

Aucun d'eux n'avait prononcé une parole, ils touchèrent le sol du temple et s'arrêtèrent surpris, hésitants, devant la majesté du lieu ; les proportions de cette immense crypte les effaraient, ne dominant plus un ensemble dont une partie leur échappait en haut de leur observatoire, ils n'en n'avaient pas soupçonné l'étendue. Ce fut Bonin qui, le premier, sortit du domaine des spéculations philosophiques. L'attrait pour lui n'était pas dans la contemplation.

— Derrière l'autel, murmura-t-il.

Georges fit oui de la tête.

A pas feutrés, rapides, précédés de leurs ombres que les lampes allongeaient sur le granit du sol, ils passèrent près du bassin où l'énorme saurien continua sa veille immobile, sans paraître s'inquiéter des deux hommes, ils contournèrent l'autel et ne s'arrêtèrent qu'une seconde devant la statue du Dieu qui leur apparut énorme, haut de près de deux mètres.

— Si c'est de l'or, murmura Bonin, ça ne sera pas commode à emporter.

Sans lui répondre, Georges l'entraîna derrière l'autel, là, les lampes ne projetaient plus qu'une clarté oblique et faible, si faible que les deux hommes durent ralentir brusquement leur marche. Georges allait le premier, il étendit les mains devant lui, mais bientôt il s'arrêta net. Ses doigts venaient de s'empêtrer dans une chose soyeuse qui collait à la peau ; il recula et fit, pendant la durée d'un éclair, briller l'ampoule de sa lampe.

Devant la cavité qui s'ouvrait derrière l'autel, béait le trou noir qu'ils avaient entrevu, deviné d'en haut, mais devant cette ouverture, une immense toile d'araignée bouchait presque hermétiquement l'entrée.

Bonin, qui décidément ne voulait laisser aucune de ses curiosités non satisfaite, passa son bras armé de sa lampe à travers l'un des rares vides de cette toile, et promena le mince pinceau de lumière jusqu'au fond des ténèbres accumulées dans cet étroit espace : alors les deux compagnons purent voir d'énormes coffres bardés de fer, posés les uns sur les autres. Les bardes étaient toutes rouillées, les bois avaient perdu leurs couleurs et très certainement ils devaient être là depuis d'innombrables années.

— Le trésor ! Ça est, mon lieut'nant, c'est le trésor !

— Oui, dit Georges à voix basse, ce doit être lui.

Les deux hommes restaient là, silencieux, en proie à de multiples pensées quand derrière eux, ils entendirent le glissement d'un pas et toujours le petit bruit d'un bâton heurtant doucement le sol.

Ils se jetèrent dans le coin le plus sombre de l'ombre projetée par l'autel et attendirent, la main à la crosse de leur arme.

Une femme, une brahmine, vêtue de blanc, les yeux fixes, comme sans regard, hallucinant fantôme, apparut ; de la main gauche elle portait une écuelle de cuivre ou d'or, de sa main droite elle tâtait le sol avec son bâton écorcé, poli par l'usage.

Elle passa si près d'eux qu'elle les frôla presque, sans les voir ; les deux hommes la virent s'avancer vers la toile d'araignée, là, après avoir, en y portant un doigt, jugé quelle en était toute proche, elle posa son bâton à terre, plongea sa main droite dans le bol de métal, y prit une poignée de quelque chose qu'elle jeta contre la toile. Trois fois elle renouvela le geste ; quand le bol ne contint plus rien, elle se baissa, ramassa son bâton et s'en alla.

De nouveau, elle frôla les deux hommes et continua sa course lente ; son pas s'éteignit derechef, ils étaient seuls.

Georges voulant savoir, ou deviner à quel rite étrange venait d'obéir cette femme, s'avança et projeta le pinceau de lumière de sa lampe sur la toile. L'immonde et monstrueuse bête était au centre de son piège et dévorait un petit scarabée ; des mouches aux ailes arrachées essayaient mais vainement, de s'enfuir. La femme qui venait de s'en aller était la pourvoyeuse de l'immonde aranéa.

Georges éteignit sa lumière et tous deux, sans le moindre bruit, firent le tour du temple.

Sous les voûtes surbaissées ils découvrirent des cellules dont les entrées n'étaient obstruées que par une tenture à peine tirée ; dans chacune de ces cellules brillait une veilleuse enfermée dans une sorte de mortier, placé au pied de la réduction du Dieu qui s'érigeait sur l'autel. A cette lueur et par l'étroite ouverture de rideau mal tiré, ils purent voir plusieurs brahmes et brahmines ; tous avaient sur la cuisse droite le symbole du Lingam, tatoué ou peint, mais tous, hommes ou femmes, avaient les yeux fixes, un teint très pâle, et tous paraissaient anémiés, presque squelettiques. Dans l'une des cellules, deux enfants, un garçon, une fillette, jouaient silencieusement à une sorte de jeux d'échecs, mais ils reconnaissaient les pièces en les touchant avec leurs doigts avant de les manœuvrer.

Les deux hommes continuèrent leur route avec les plus grandes précautions, faisant ainsi le tour du Temple. Devant la muraille qui regardait l'autel, une petite porte de bronze décorée du Lingam et du Yoni était hermétiquement fermée et de chaque côté de cette porte, roulés autour de deux trépieds, deux gigantesques najas dormaient, leur tête plate et triangulaire posée sur leurs anneaux. A la base de chacun des trépieds, deux grandes jarres de terre contenaient du lait.

Donc, le temple avait des relations avec le dehors, et il était approvisionné. Il se pouvait que les habitants du temple y fussent confinés absolument, mais ils n'en avaient pas moins des relations avec l'extérieur.

Ils reprirent leur route et bientôt les deux explorateurs nocturnes se retrouvèrent devant les décombres de l'escalier ; ils les escaladèrent aisément et reprirent enfin pied dans la galerie supérieure qui les avait amenés jusqu'à l'orifice béant de l'escalier ruiné. Ils prirent haleine.

-- Nous avons, dit Georges, à défaut du trésor que nous cherchions, car, au demeurant, rien ne prouve encore que les coffres que nous avons vus derrière la toile d'araignée le contiennent, découvert du moins une chose clandestine dont les Anglais paieraient cher la connaissance... Mais pourquoi ces gens-là sont-ils tous aveugles ?

— Et les enfants aussi ?

— Oui ! Ont-ils perdu la vue de n'avoir qu'aux premières heures de la vie vu le jour, ou bien ont-ils été aveuglés volontairement ? Quel horrible mystère cela cache-t-il ?

— Nous avons maintenant le moyen de le savoir, mais je crains que le jour ne nous surprenne, mon lieutenant, maintenant il faut partir.

Georges ne fit aucune objection. Il avait hâte de rentrer, pour coordonner les pensées qui se pressaient en tumulte dans sa tête.

Sûrement, sans une hésitation, grâce au graphique que Georges avait tracé de la route suivie, ils atteignirent la petite plate-forme du ravin ; la nuit était encore profonde, mais le faux chevrier n'était plus là, les deux bretelles de fusil dont l'une paraissait avoir été rongée gisaient sur le sol, et la cordelle qui les avait aidés à descendre, ne pendait plus au long de la muraille granitique.

CHAPITRE XVII

OU LES CHOSES SE COMPLIQUENT

— Et voilà ! fit Bonin. Si je m'étais écouté j'aurais envoyé ce coco au fond du ravin pour lui apprendre à ne pas essayer de couper une corde quand un honnête homme s'y tient suspendu, mon lieutenant n'a pas voulu et nous voilà en carafe... et comment !

— A quoi te sert de récriminer, dit Georges ; cherchons ensemble le moyen de sortir rapidement de cette situation. Je n'ai pas voulu qu'on prenne la vie de cet homme, mais toi tu n'as pas assez serré les courroies ; nous avons eu tort, tous les deux, maintenant avisons.

Bonin n'avait ni rancune ni amour-propre exagéré et il se mit immédiatement, à l'aide de sa lampe électrique, à explorer du regard la muraille qui se dressait devant eux.

— Il y a bien là, dit-il, après un moment, une pierre qui fait saillie ; si je pouvais l'atteindre, peut-être en trouverais-je une autre ou un arbuste, c'est à voir, mais cette pierre est diablement haute !

— Monte sur mes épaules.

Bonin n'attendait que cette invitation, en une seconde il fut debout sur les épaules de son chef, adossé à la muraille.

— Ça va, dit-il, je tiens la pierre... Diable ! elle n'est pas large, mais j'y suis tout de même.

Il y eut de nouveau un instant de silence. Georges s'était éloigné de la muraille, se tenant prêt à recevoir son compagnon si celui-ci chûtait.

Il entendit craquer des brindilles, une pierre se détacha, roula, rebondit sur la petite esplanade et fila dans le ravin, puis de nouveau un silence assez long, angoissant dura quelques minutes, la lueur dansante de la petite lampe de Bonin s'était éteinte, enfin, la corde déroulée tomba aux pieds de Georges qui la saisit et qui, s'aidant de la muraille même, rejoignit rapidement Bonin qui lui tendit les mains.

— Ces gens-là, dit-il avec une certaine pitié dans la voix, ce n'est pas futé pour un sou, il faudrait qu'ils viennent passer une couple d'années à Pantruche pour apprendre à y faire. Seulement cette petite aventure, mérite quand même une leçon et le gars s'en souviendra si je le rencontre.

— Je te le donne, dit Georges, mais laisses-en.

— Soyez tranquille, mon lieutenant, rien qu'avec les poings.

Rien ne gênait plus les deux hommes, ils marchèrent rapidement, voulant atteindre le bungalow avant le jour ; ils y réussirent mais une surprise désagréable les attendait là aussi.

Au lieu du bungalow il ne restait plus à la place qu'un tas de ruines fumantes ; les deux sourdas et le vandicara demeuraient invisibles malgré les recherches et les appels réitérés ; les deux hommes, en désespoir de cause, s'installèrent du mieux qu'ils purent et bien que pour peu de temps glissèrent presque instantanément et irrésisiblement dans le sommeil.

Pendant ce temps, le bateau de France touchait à Pondichéry, et Roger se présentait à son bord. Bistouret, fébrile, impatient, arpentait le pont ; dès qu'il vit le jeune homme, il se porta vivement au-devant de lui, il lui tendit la main et sans le laisser souffler lui posa brutalement cette question :

— Et votre compagnon ?

Roger avait arrêté sa ligne de conduite, décidé à rompre les chiens, il alla droit au but.

— Georges connaissait, dit-il, votre arrivée sur ce bateau, je ne m'explique pas son absence.

Le vieux savant jeta un regard soupçonneux à son jeune associé, celui-ci le saisit au passage.

— Georges et moi, nous sommes séparés, continua Roger.

— Pourquoi ?

Le jeune homme eut malgré ses résolutions antérieures un instant d'hésitation, puis :

— Georges et moi aimions votre petite-fille, la vie serait devenue intolérable.

Bistouret eut une véritable explosion de colère.

— C'est insensé, cria-t-il d'une voix suraiguë, insensé, ridicule ! Voilà des gens ruinés, à la côte, finis, perdus ! On leur met en main tous les trésors du monde et ils oublient la tristesse de leur situation et le but poursuivi pour une amourette !

« D'abord de quel droit mettez-vous ma petite-fille en cause ? Qu'est-ce que cela signifie ? Pourquoi devient-elle un sujet de discorde ? Elle n'aime ni l'un ni l'autre de vous, elle me l'aurait dit. En tout cas, il est ridicule, odieux d'avoir supposé une seule minute qu'elle pouvait entrer dans la somme des récompenses qui peuvent vous être allouées, ne l'oubliez pas ! Maintenant, monsieur, j'ai le grand regret de vous dire que je vous ai fait venir ici, avec un compagnon, pour une raison commune à nous trois ; je vous avais prévenu que je ne tolérerais aucune infraction à ces conditions, allez donc vous mettre en quête de votre exami, et venez me rejoindre à l'hôtel français où je vous attendrai. Bonjour !

Et tournant sur ses talons, le vieil homme s'engouffra dans les profondeurs du navire avec une prestesse qu'on ne lui aurait pas soupçonnée.

Roger fut tout d'abord indigné et furieux d'une telle réception, puis, la réflexion aidant, il comprit qu'il était allé trop vite en besogne et qu'il fallait ou abandonner la partie ou se soumettre. Ce fut à ce dernier parti qu'il s'arrêta comme le lui commandait la raison. Cependant ce fut encore tout bouillant d'indignation qu'il reprit le chemin de Vellove et y arriva sur le coup de midi.

Il trouva Georges et Bonin affairés dans les décombres du bungalow, cherchant les quelques épaves de ce qui avait été leur bien. Heureusement Bonin, un peu méfiant de nature, avait acheté un petit coffret d'acier où il avait serré tout l'argent de son lieutenant et le très peu qu'il en avait lui-même, puis il avait caché ce coffret dans un trou de la fragile muraille de torchis ; bien lui en avait pris d'exagérer ces précautions car le coffret fut retrouvé avec ce qu'il contenait.

Roger ne s'enquit même pas de ce qui était arrivé, il alla droit à Georges :

— Bistouret nous attend à l'hôtel de France, je compte y retourner par le train du soir et y être à six heures.

— J'y serai également, dit Georges.

— Au revoir.

Et Roger s'en alla.

La seule chance qui restait de voir ces deux jeunes hommes liés par les mêmes intérêts et par une amitié à peine oubliée, s'unir de nouveau pour la besogne commune venait de s'évanouir ; cela ne surprit pas Georges, qui s'attendait au contraire à un conflit plus grave que devait déchaîner l'arrivée du vieil homme. Il chargea Bonin de pouvoir à une autre installation. Les deux hommes convinrent également de ne plus prendre de domestiques, l'ancien canonnier se chargerait de tenir le ménage. Tout ceci réglé, Georges fit ses préparatifs, c'est-à-dire qu'il fit, avec l'aide de Bonin, disparaître les souillures de ses vêtements, soigna sa toilette, et, attendant l'heure du départ, rédigea sur son carnet un rapport circonstancié des recherches et des découvertes à son actif, il laissa à Bonin toute la valeur du rôle qu'il avait joué dans ces différentes phases d'action.

Il lut ce court rapport à Bonin qui l'écouta en silence, puis quand ce fut terminé, il prit la parole :

— Je trouve, mon lieut'nant, que vous avez tort de me mettre en cause. Vot' M. Bistouri n'me connaît pas, il pourra trouver mauvais que je sois mêlé à tout ça. D'ailleurs c'est pas pour lui que je travaille, c'est pour vous.

— C'est entendu, Bonin, mais c'est un acte de justice que j'accomplis en vertu du vieux proverbe : « A chacun son œuvre », la tienne est importante et je tiens à ce que M. Bistouret en soit informé.

— Mais !...

— Silence dans les rangs.

Les « rangs » composés du seul Bonin se le tinrent pour dit, il n'insista pas.

Enfin, l'heure du départ arriva, Bonin accompagna Georges à la gare et il fut convenu entre eux que si le séjour de Georges à Pondichéry devait durer il en préviendrait son fidèle suivant.

Bistouret n'avait pas changé d'humeur, ce fut d'un front sévère qu'il reçut les deux jeunes gens dans sa chambre.

— J'ai tenu, Messieurs, dit-il, à vous recevoir ensemble, parce que vous êtes partis ensemble, mais j'ai réfléchi qu'il était préférable de vous recevoir, et, puisque vous vous êtes dissociés, de vous entendre séparément et de tirer de vos rapports et de l'ensemble des faits que vous me rapporterez une conclusion que je me réserve le soin d'établir.

« De plus, comme vous avez cru devoir rompre l'une des parties du pacte qui nous liaient, il serait, je crois, dangereux de vous initier l'un et l'autre à la conduite et aux résultats obtenus par l'un ou par l'autre de vous. A chacun ses responsabilités ! M. Roger Belroc parlera le premier, M. de Châterais, vous lui succéderez. Il y a deux chambres vacantes, je les ai retenues pour vous. M. Roger, je vous recevrai tout de suite après le dîner qu'on va sonner.

Les deux jeunes gens sortirent, suivant le boy qui devait les conduire à leur chambre ; sur le seuil de la sienne Georges s'arrêta.

— Ne crois-tu pas que cette querelle, dont l'objet est sans doute illusoire, devrait disparaître d'entre nous ?

— Laissons les choses en état, fit Roger avec un geste d'impatience, puis il passa.

Chez lui la jalousie irraisonnée glissait vers la haine.

Tous deux espéraient voir le vieillard et sa petite-fille dans la salle à manger commune, mais ni Bistouret ni Lise n'y prirent place, le savant se faisait servir dans sa chambre ; enfin, après le repas, alors que la température commençait à devenir agréable, le maître d'hôtel vint prévenir Roger que le sahib Bistouret l'attendait dans ses appartements.

Roger se rendit immédiatement à cette invitation. Bistouret, toujours irascible, lui désigna un siège.

— Veuillez, lui dit-il, répondre à quelques questions qu'il me faut vous poser. Depuis combien de temps êtes-vous séparés de votre associé ?

— Depuis quatre jours.

— Ma petite-fille était la seule cause de cette séparation ?

— La seule, oui.

Il y eut un silence que Bistouret employa à hausser les épaules et à faire craquer ses doigts.

— Qu'avez-vous fait en commun ?

— Peu de chose, que vous dira Georges. Seul, il me semble que j'ai été plus heureux.

— En quoi ?

— J'ai découvert qu'il existe ailleurs qu'à Vellove un temple abandonné presque inconnu, bâti sur de vastes souterrains ; c'est là que pourrait être ce que vous cherchez.

— Quel temple ?

— Celui de Gandalour.

Cette fois Bistouret haussa les épaules avec une pitié un peu outrageante.

— Si, dit-il, vous aviez été plus avisé ou plus instruit, vous n'auriez pas perdu votre temps. Sachez que ce temple de Gandalour est consacré à la déesse Kali, l'une des manifestations de Parvati, l'épouse du Dieu Siva et non Siva lui-même. Jamais, monsieur, continua Bistouret avec indignation, jamais les Indous n'auraient en aucune occurrence chargé cette déesse de veiller sur ce qui ne lui appartenait pas. D'ailleurs, je connais Gandalour, il n'y a ni puits ni citernes, les fontaines sont alimentées par la rivière et le document sanscrit que j'ai eu l'honneur de vous traduire est formel malgré son apparente obscurité. C'était au fond d'un puits qu'il fallait chercher.

Alors Roger mit le savant au courant de ce qui avait été découvert au puits de Vellove.

Le vieil homme bondit et Roger craignit un moment de le voir lui sauter à la gorge.

— Mais insensé ! triple fou ! vous étiez sur

la bonne voie ! Et pour une bêtise, une amourette, une babiole sentimentale, vous abandonnez les recherches pour errer, mélancolique et ridicule ! Emplissez donc vos poches avant de laisser parler votre cœur. Lequel de vous deux a eu cette splendide idée de la séparation ?

— C'est moi.

— Allons, je me suis trompé sur votre valeur, je le regrette amèrement, mais heureusement me voici. Désormais, monsieur, vous n'aurez plus qu'à obéir.

Roger se leva.

— En effet, dit-il, monsieur, vous êtes là pour commander et moi pour obéir, mais il est une chose qui vous échappe : mes sentiments ! J'ai eu le malheur de m'éprendre de votre fille et d'en souffrir au point que l'idée qu'un autre pouvait aussi l'aimer m'était devenue intolérable, au point qu'elle m'a fait rompre une amitié que je croyais indestructible et d'en souffrir aussi. J'espère encore, mon bonheur est peut-être attaché à notre commune réussite ; commandez donc, j'obéirai.

— Votre bonheur n'est attaché à rien du tout. J'ai questionné ma fille, elle n'aime ni l'un ni l'autre de vous, elle m'a fait au contraire part de sa résolution de rester auprès de moi jusqu'à mon dernier soupir, et, dussiez-vous en être contrarié, mon intention n'est pas de quitter la vie. Chassez donc vos espérances et ne soyez, je vous prie, qu'à la besogne pour laquelle vous êtes ici.

— Un mot encore, monsieur Bistouret ; je vous prie de considérer que je n'abandonne aucune de mes espérances et cela m'entraîne à vous demander : si Mlle Lise consentait à devenir ma femme, y mettriez-vous un empêchement ?

— Pauvre comme vous l'êtes, si mobile dans vos sentiments, joueur comme je vous connais, oui monsieur, oui, monsieur, de tout mon pouvoir. En allant à vous j'ai voulu tirer de l'ornière le fils d'un ami, que j'aimais beaucoup, mais je n'entends pas lui sacrifier ni le bonheur ni le repos de mon enfant. Allez, monsieur, je vous prie, et faites prévenir M. de Chaterais que je l'attends.

Roger, le désespoir au cœur, salua l'irascible vieillard, dont la nervosité ne se calmait pas, et quitta la chambre.

Resté seul, Bistouret fit quelques pas en faisant craquer ses doigts.

— Si l'autre, dit-il, en a autant dans son sac, j'ai fait un pas de clerc. Qu'avais-je besoin aussi de leur montrer Lise ! .

Ces tristes réflexions furent interrompues par l'arrivée de Georges qui n'eut qu'à lui lire les pages de son journal pour le mettre au courant de ses découvertes.

Le vieillard dont le front s'était déridé exulta :

— Vous êtes admirable ! Ce Bonin aussi ! Ah ! si je l'avais connu plus tôt... Voyons, répétez tout, n'omettez rien... Vous disiez ?

Et Georges dut reprendre son récit.

Quand il eut terminé, Bistouret s'absorba dans une profonde réflexion ponctuée par de petites tapes qu'il se donnait sur le front comme pour stimuler sa pensée.

— Voici ce que je crois. Sachnussem vous a fait épier ; les sourdas, le chevrier étaient à ses ordres, aussitôt qu'il le put, notre prisonnier l'a rejoint pour le mettre au courant. Il faut se hâter, être dès la nuit prochaine, puis qu'il est trop tard maintenant, dans ce temple ; autrement, mon cher ami, tous nos efforts seront vains, ce damné Allemand nous coupera l'herbe sous le pied. Nous partirons par le premier train pour Vellove.

Georges fut sur le point de lui faire cette objection : « Et Mlle Lise ? » mais il ne la fit pas. Bistouret, qui, était moins sagace à démêler les passions humaines que les vieux manuscrits, commit ce qu'à Paris, sur les boulevards, on aurait appelé la gaffe.

— Et vous, vous êtes aussi amoureux de ma petite-fille ?

— Hélas oui, monsieur.

Le vieillard qui n'avait jamais été un amoureux au sens absolu du mot leva les bras au ciel.

— Mais qu'est-ce qu'ils ont ? s'écria-t-il. Qu'est-ce qu'ils ont ? Puis sans attendre de réponse à la question qu'il jetait ainsi dans l'espace, il poussa le jeune homme dehors.

On pense aisément ce que fut la nuit du vieil homme, sa rêverie fut profonde, mais parfois un étrange sourire venait se jouer sur ses lèvres minces, pendant qu'une lueur malicieuse étrange, s'allumait au fond de ses prunelles. Enfin, las de songer, il s'endormit, mais comme beaucoup de vieilles gens il avait la faculté de s'éveiller quand il le voulait, et le premier rayon du jour le trouva prêt à partir.

De leur côté, Robert et Georges ne le firent pas attendre, il les rencontra sur le seuil de l'hôtel au moment où lui-même en sortait.

Il était trépidant, ne tenait plus en place ; il repoussa d'un geste véhément les offres d'un conducteur de char et se dirigea d'un pas rapide vers la gare, où il sauta littéralement dans la première voiture où les deux jeunes gens le suivirent.

En cours de route, ce fut encore pis, le train n'allait pas assez vite. Ce système de locomotion, soi-disant rapide, était à son avis, la honte du genre humain, enfin on s'arrêta dans la petite et poussiéreuse gare de Vellove.

L'éternel Bonin était sur le quai, planté sur ses jambes, tirant d'une cigarette des filets de fumée qu'il suivait avec des yeux pleins de candeur. En voyant son lieutenant, il se porta vivement au-devant de lui. Georges, bien entendu, le présenta à Bistouret qui lui fit un accueil extrêmement flatteur.

— Je vous connais seulement par ce qu'on m'a dit de vous ; c'est très bien, mon garçon, vous êtes un lapin, vous entendez, un lapin !

Bonin fut tellement surpris qu'il ne trouva à répondre que :

— Si vous voulez monsieur, un lapin... tout ce qu'il y a de plus lapin. Puis se retournant vers Georges :

— J'ai trouvé une installation charmante, un petit bungalow, au fond d'un jardin, c'est une veuve qui m'a loué ça, et c'est à peu près confortable.

— Allons-y tous trois, dit Georges, si vous le permettez, ajouta-t-il s'adressant à Bistouret, ce sera votre quartier général. Bistouret acquiesça d'un signe de tête.

Les trois hommes suivirent Bonin, qui les conduisit rapidement vers la nouvelle demeure. Là, Bonin annonça que les deux sourdas avaient définitivement disparu, et que c'était certainement eux qui avaient allumé l'incendie ; quant au vandicara qui soignait les buffles il avait tout juste eu le temps de sauver ses animaux et de se sauver lui-même.

— C'est toujours la même main, murmura Bistouret, nous avons affaire à forte partie... Mais vous êtes là, messieurs, je compte sur vous... Voyons, comment allons-nous passer cette journée de mortelle attente ?

— Nous pouvons aller jusqu'à la Pagode, à la forteresse, au puits, suggéra Roger qui voulait prendre une revanche.

— Inutile, dit Bistouret. Je connais maintenant tous ces endroits comme si je les avais vus, ils ne nous apprendront plus rien. Le vrai, c'est le temple souterrain. Il est inutile d'ailleurs d'attirer l'attention sur mon arrivée.

— Alors, dit Georges, restons ici, et songeons à votre équipement, vous ne pouvez faire cette excursion nocturne en flanelle blanche.

— Mais, dit Bistouret, j'y ai songé, j'ai tout prévu, j'avais un paquet.

— Vous n'aviez rien du tout, dit Bonin.

— Sac à papier ! je l'ai oublié dans le train !

Ce petit incident ne dérida personne. Une gêne pesait sur tous les personnages. Bonin lui-même s'en aperçut, et se mit au diapason, mais son humeur s'accommodait mal d'une contrainte et pour s'occuper, il convainquit Bistouret que lui, Bonin, était seul capable de lui procurer ce qu'il lui fallait pour passer la nuit en expédition. Bistouret, convaincu, lui donna carte blanche.

Bonin sortit, mais Bonin n'était pas comme ce Dieu que la fable a pourvu de cent yeux, il n'en avait que deux, mais il suppléait à l'insuffisance du nombre par leur mobilité extraordinaire, et Bonin voyait aussi bien qu'Argus. Il sortait d'une de ces maisons où tout se vend, depuis le spiritueux jusqu'aux machines à coudre, en passant par l'alimentation, la chasse, la pêche, les nouveautés, quand de loin, il vit Sachnussem qui filait suivi de deux louches individus, deux Indous couverts de poussière, et qui devaient venir de loin ; il essaya de les suivre, mais l'Allemand s'en rendit compte et s'arrangea assez habilement pour que Bonin le perdît de vue au centre d'un marché.

Au fond, l'ancien canonnier n'avait pris sa filature que par acquit de conscience, il continua sa course, il lui fallait maintenant des jambières et aussi une sorte de châle de laine pour que le bonhomme s'en couvrît si la fraîcheur du souterrain l'indisposait ; ensuite il renouvela ses piles sèches dont il en prit six, acheva un flacon de whisky, et divers autres objets qui lui semblèrent utiles, il fit empaqueter le tout, le fit porter au bungalow et en reprit lui-même le chemin ; en passant vers la gare, il vit encore Sachnussem, entouré cette fois de quatre Indous. Bonin marcha hardiment vers le groupe qui se dispersa ; sur un dernier mot de Sachnussem, auquel ils paraissaient obéir, les Indous entrèrent dans la gare et prirent place dans le train qui allait partir pour Pondichéry, Sachnussem tira d'un autre côté. Bonin qui voulait voir les Indous de près s'apprêtait à entrer dans la gare quand, sur le sol, un objet brillant attira son attention, il se baissa, le ramassa et se mit à l'examiner, au moment même où, à deux cents pas de là, Sachnussem se retournait vers lui.

Sachnussem s'arrêta.

Bonin tenait dans sa main un petit triangle de métal ; d'un côté le Lingam y était gravé, de l'autre, un rubis, un très petit rubis surmontait un signe mystérieux. Il était là, regardant curieusement sa trouvaille, quand il entendit une course précipitée ; il leva les yeux : c'était Sachnussem tout essoufflé et suant qui accourait, Bonin ferma sa main sur sa trouvaille.

— Barton, mon pon ami, j'ai bertu un betit pipelot.

— Qu'est-ce que c'est ?

— Un betit pijou intien, un driankle en métal, zimblement.

— Le voici, dit Bonin qui était un honnête homme.

L'homme se perdit en remerciements et fouilla dans sa poche, mais Bonin s'éloignait déjà.

Pendant que ceci se passait, Bistouret interrogeait les deux hommes, et c'est par lui que Roger apprit le succès des recherches de Georges. Son dépit fut grand, il le cacha du mieux qu'il put, mais à la pâleur de son visage, au rictus qui crispa ses lèvres, comme à la dureté de son regard, les deux autres comprirent qu'il devait souffrir abominablement dans son orgueil blessé.

L'arrivée de Bonin vint heureusement rompre cette situation pénible, Roger en profita pour sortir. L'ancien canonnier montra ses emplettes dont Bistouret se déclara enchanté, puis Bonin raconta sa rencontre avec l'Allemand et sa trouvaille, mais il disait cela plutôt pour distraire les deux hommes qu'il sentait préoccupés, quant au mot de triangle Bistouret dressa l'oreille.

— Comment dites-vous, mon ami, un triangle ?

— Oui un triangle, en argent, je crois.

— Et vous n'avez rien remarqué de particulier ? Voyons, rappelez vos souvenirs, il devait y avoir quelque chose dessus, des dessins ? décrivez-le-moi.

Bonin se gratta la tête.

— Voyons, mon ami, quand on est intelligent, comme vous paraissez l'être, on regarde les choses, les choses sont éloquentes pour qui sait les voir.

Bonin eut un geste d'assentiment, il fouilla dans ses poches, un vrai bazar, et en tira un bout de crayon qu'il mouilla consciencieusement du bout de ses lèvres, puis un calepin plutôt usagé, où il notait ses souvenirs, marquait le linge et des recettes de cuisine, il contenait aussi des chansons ; alors, tirant la langue, les sourcils froncés il traça tant bien que mal un triangle équivalent à peu près à la grandeur de celui qu'il avait vu, puis de la même main malhabile il dessina à côté le Lingam, puis encore à côté, le caractère qu'il avait vu, mais cela était informe, sans signification, mais cela suffit à Bistouret qui prit le crayon et donna au caractère, en le rectifiant, son véritable aspect.

— Est-ce cela ? questionna-t-il.

— C'est nature, dit Bonin, plein d'admiration.

Alors le front du vieux savant devint soucieux, il murmura :

— Il en reste donc encore !

Puis sortant de sa rêverie, il questionna Bonin sur ce qu'avait dit ou fait l'Allemand, mais l'Allemand n'avait rien dit ou fait que Bonin n'eût déjà rapporté.

— Peut-être, pensa tout haut Bistouret, cet Allemand a-t-il acheté cela sans en connaître la valeur, comme un simple et curieux bibelot ; si c'est le contraire c'est terrible, car il détient le plus formidable des pouvoirs...

Puis s'adressant à ses deux compagnons en désignant du doigt le triangle :

— Ce symbole est double, il personnifie Siva par le Lingam et la forme même du bijou, de l'autre côté c'est Kali, la première lettre de son nom en sanscrit ; le rubis personnifie le sang, c'est la pierre qui est consacrée à cette déesse, aux formes diverses, tantôt Bhâvani, c'est-à-dire la nature, tantôt Parvati, fille de la montagne, parce que Siva habite la montagne, tantôt Dourga ou Kali, mais c'est toujours l'effrayante destructrice de l'univers. Cet emblème, mes amis, confère à celui qui le détient droit de vie ou de mort. Comment se fait-il qu'il soit au pouvoir de cet Allemand, n'est-ce pas plutôt l'un des Indous qui l'a perdu ? Etaient-ce des gens comme vous avez l'habitude d'en voir ici, Bonin ?

— Non, ils étaient tout poudreux et semblaient venir de très loin, maigres, décharnés avec des yeux de braise ; ils étaient, à part le langouti, presque nus, mais tous portaient autour du cou, une cordelette avec une amulette. Voilà ce que j'ai vu.

— Eh bien, mon ami, vous avez vu des Thugs, dit Bistouret avec émoi, les étrangleurs de Kali dont les Anglais croient avoir détruit la race, mais pourquoi l'Allemand était-il avec eux ?

Personne, bien entendu, ne répondit à cette question qu'il s'adressait à lui, mais une rumeur et des bruits de pas attirèrent Bonin au dehors, il revint quelques minutes après la figure toute réjouie.

— Devinez, mon lieut'nant, qui on ramène, plus raide qu'un bâton ? Le Chevrier, notre vieux copain. Mordu par un serpent dans le petit bois ! Ça on peut dire que c'est une veine. Ça lui évite la trifouillée que je lui ménageais et ça nous rassure, il n'a pas eu le temps d'aller raconter nos histoires ; les serpents, mon lieut'nant, au fond c'est des braves bêtes !

CHAPITRE XVIII

LES THUGS

Enfin, la nuit tant souhaitée par Bistouret tomba, apportant avec elle la fraîcheur.

Le vieil homme avait voulu — d'ailleurs cela flattait l'un de ses défauts — que tout le monde prît des forces ; il offrit le dîner et les vins, qu'il désigna lui-même, si bien que l'heure du départ les trouva tout très allants.

Quand l'heure fut arrivée, c'est-à-dire vers minuit, les quatre hommes, Georges et Bonin en tête, gravirent rapidement la colline. Bonin veillait toujours, bien que la mort si inattendue du faux Chevrier le rassurât, il ne croyait pas inutile d'avoir l'œil.

La disparition des Sourdas l'inquiétait très fort sans qu'il en dît rien, Sachnussem aussi le préoccupait.

De ce côté il avait tort. Le bruit s'était répandu dans Vellove du repas pantagruélique qui se préparait chez les Franguis et l'on vit passer les vins commandés par eux ; ce bruit alla jusqu'aux oreilles de Sachnussem qui se dit :

— Ils boiront jusqu'au milieu de la nuit pour fêter l'arrivée de ce Bistouret, puis ils dormiront. Rien à craindre, laissons-les dormir, je leur prépare un réveil dont ils se souviendront.

En cela, il jugeait les Français comme les Allemands se jugent entre eux quand ils parlent de leurs beuveries ; il se trompait grossièrement, mais quel réveil leur réservait-il ? Lui seul le savait. Mais pendant que lui, Sachnussem, goûtait paisiblement la fraîcheur, ceux qu'il croyait occupés aux plaisirs de la table gravissaient rapidement le plateau et pénétraient dans le petit bois broussailleux.

Parvenu à l'extrême limite de la déclivité qui dominait le ravin à pic, Bonin attacha solidement sa corde et se laissa glisser le premier ; à voix basse, il avait demandé à Georges d'amarrer solidement le « vieux monsieur » et de l'envoyer en douceur en bas où il le recevrait, mais l'ardeur de Bistouret était telle qu'il se ne connaissait plus d'obstacles ; cependant pour avoir la paix, et dévoré d'impatience, il se laissa attacher et, retenu par les deux anciens amis, arriva sans encombre jusqu'à la saillie où l'attendait l'ancien canonnier ; les deux jeunes gens suivirent, et tous s'engagèrent dans le couloir dont Georges avait expliqué les méandres au savant, lequel avait alors déclaré que le tout constituait un labyrinthe reproduisant dans l'épaisseur granitique trois caractères sanscrits, en tous points semblables à ceux qui décoraient la pierre du puits.

Dès qu'ils se furent avancés dans l'intérieur de ce labyrinthe, Georges signala au savant les caractères qui étaient gravés dans la muraille, mais le bonhomme n'y jeta qu'un coup d'œil, tant il était fébrile :

— Au retour, dit-il, au retour nous aurons tout le temps, allons vite ! Son ardeur ne reculait devant rien, mais tout en marchant il parlait d'abondance malgré un certain essoufflement qui rendait les phrases sifflantes.

—Vous aurez, disait-il, rendu aux sciences un service signalé, un de ces services que la postérité n'oublie pas... Nous allons combler une lacune devant laquelle ont parlé bien des historiens et bien des sanscritistes. Saisissez-vous l'importance de ceci... renouer une chaîne interrompue...

— Il est peut-être un peu « bu », dit tout bas Bonin à Georges qui marchait en avant, de quelle chaîne s'agit-il ? Pourquoi veut-il combler une lagune... quelle lagune ?

— Chut, tais-toi.

— Ah ! Messieurs, reprit Bistouret après avoir recouvré son haleine, si vous saviez quelle douleur pour le savant, lorsque brusquement un trou, un trou noir se fait dans ce qu'il croit sans solution de continuité. Il a le commencement, la fin, le milieu manque, ou il a tout jusqu'au milieu, et c'est la fin qui manque ! Il essaie de suppléer à ce manque, de combler ce trou grâce à des interprétations, des déductions, des hypothèses, de la logique même, mais cela ne saurait le satisfaire, car malgré toute sa science, il sait bien que le trou existe, hallucinant, tout noir, déconcertant...

— Attention, dit Georges tout bas, nous approchons, étouffons nos pas, ne faisons que le minimun de bruit.

Dans le silence le plus absolu, les quatre hommes avancèrent de front et la splendeur du temple majestueux s'offrit à leurs yeux.

Bistouret était dans une émotion extrême, il passa à plusieurs reprises son foulard de soie sur son crâne, il suait, malgré que la température fût assez basse ; comme malgré lui, malgré la gravité de l'heure, il ne pouvait retenir ses paroles :

— C'est inouï ! Le plus merveilleux temple Kmer qui subsiste et dont l'existence était inconnue. Inconnue, est-ce possible ?... Peut-être millénaire ! C'est là, c'est certainement là qu'ils les ont cachés.

Il allait, il allait, des mots sans suite, mais non sans raison se succédaient, disant le trouble de sa pensée. Georges, respectueusement l'invita au silence, ce qui eut pour résultat non pas de le faire taire, mais seulement de lui faire baisser le ton. Mais au bout d'un moment, semblant reprendre un peu d'empire sur lui-même, il se tut, puis :

— Descendons, que faisons-nous là, descendons ! dit-il.

— Pas encore, dit Georges à voix basse, la cérémonie nocturne qui doit être quotidienne n'a pas eu lieu, il faut attendre que tout soit terminé, quand la brahmine qui vient donner ses proies à l'araignée sera partie. Couchons-nous à plat, nous sommes trop visibles bien que dans l'ombre et attendons.

Toujours bouillant de la plus junévile des impatiences — ce qui était comique chez ce vieillard — Bistouret ne cacha pas la mauvaise humeur que lui procurait cette contrainte, cependant il obéit, tous s'étendirent et tous rapprochés de Bistouret écoutèrent le vieil homme qui, à voix couverte, disait ce qu'il croyait savoir sur le lieu où ils se trouvaient tous.

« — Ce temple merveilleux a été creusé à mains d'hommes, et vous perdriez l'esprit à supposer ce qu'il a coûté d'années et d'existences humaines pour le rendre capable de recevoir le Dieu à qui il fut destiné. Cela est aussi fabuleux que les Pyramides d'Egypte, plus surprenant que le fameux temple d'Eléphantas. Certainement celui-ci a d'autres issues dans la Pagode, peut-être, dans la forteresse et le fond du ravin ou plus loin encore... Le culte primitif, le culte antique déformé par les éléments qui ont été apportés par les invasions, les interprétations successives, les législations qui se sont succédées, doit cependant avoir été conservé dans toute sa pureté ici, dans ses murailles. C'est une découverte capitale, Messieurs, de quoi couvrir de gloire celui qui l'a faite...

Il s'interrompit brusquement puis ajouta :

— Je veux dire celui qui saura s'en servir, la mettre au jour, car rien ne sert de trouver une chose si on ne sait pas lui reconnaître sa valeur et la mettre en œuvre. N'est-il pas vrai ? Le premier qui trouve un diamant dans sa cangue, n'est rien auprès du lapidaire qui travaille cette pierre précieuse et lui fait sa beauté...

Il y eut un petit silence. Bistouret n'était pas fâché de laisser à ses compagnons le temps de réfléchir sur les derniers mots qu'il venait de laisser tomber pour eux, dans l'évidente intention de remettre les choses au point où il les voulait voir.

— Ils sont là... murmura-t-il à voix basse, ils sont là, à n'en pas douter.

Le coup de gong lointain retentit, imposant silence aux quatre compagnons.

La procession que nous avons déjà décrite se déroula dans le même ordre, mais cette fois, derrière les personnages aveugles s'avançaient deux autres hommes vêtus de riches vêtements et portant des armes resplendissantes ; derrière ces hauts personnages roulait une foule d'hommes presque nus, et coiffés de turbans jaunes et noirs, chacun de ces hommes portait au coude gauche un poignard retenu par un bracelet de cuir.

— Les Thugs ! murmura Bistouret.

— Ça se corse, dit Bonin à voix basse, j'aime mieux ça, on pourra cogner le cas échéant, ça m'ennuyait de n'avoir à faire qu'à des femmes ou à des vieux.

— Chut ! fit quelqu'un.

La cérémonie se déroula comme la première, devant cette foule prosternée, le front sur les dalles, pendant que le très vieil ascète, les bras levés, dans l'immuable posture prescrite par les rites, psalmodiait la prière à Siva.

Quand ce fut terminé, quand les porteuses de parfums eurent jeté sur le brasier les résines odorantes, l'un des deux chefs se retourna vers la multitude qui resta à genoux, mais toutes les têtes se relevèrent.

Bistouret, avide d'entendre, se traîna aussi loin qu'il put sur l'escalier en ruine, et traduisit à voix couverte les quelques phrases qui lui arrivaient en Tamoul.

— Hommes qui êtes ici, disait le chef, pour la plus sainte des causes, écoutez mes paroles et que Yama le redoutable étende sur moi sa main de feu, jusqu'au septième tour de la roue de l'humanité, si mes paroles sont mensongères.

« A vous qui descendez des héros de Mercout (1) et de nos saints Erppo Sahib, Ferrugcha et Irana Sahib dont les ossements dorment dans la vallée de notre sainte Ganga, levez-vous ! L'Inde est au seuil de sa délivrance. Le Grand Empereur de Franguyo, celui qui ne veut que deux Empires sous le ciel, le sien et celui de l'Inde, nous a envoyé son homme de confiance. Sur différents points il fait apporter secrètement des armes. A vous, chefs qui êtes ici assemblés, je dis l'heure est proche, l'heure de la revanche et de la liberté. Dans dix jours, ici-même, à cette heure je vous dirai d'autres choses, apprêtez-vous à recevoir la feuille de bétel (2). Pour l'instant, l'un de vous a sollicité de passer par l'épreuve du feu, il est dénoncé comme ayant divulgué l'un des secrets que l'on doit garder, il en appelle au Dieu et voici son dénonciateur.

Un homme dans la foule se leva et vint se poser à côté du chef mais une marche plus bas que celui-ci.

Un autre homme s'avança et se tint immobile au bas des marches devant l'autel, son attitude était plus arrogante que résolue.

Alors, comme d'eux-mêmes, sans qu'aucun commandement fût prononcé, les assistants se rangèrent sous les voûtes surbaissées, laissant seuls au centre, l'accusateur, l'accusé, les brahmes et les chefs.

Quatre hommes semblant venir des parties cachées, apparurent, marchant rapidement. Deux d'entre eux portaient un réchaud de fer, contenant un feu ardent dont les flammes bleues et jaunes, comme des flammes de punch, se courbaient dans le sens contraire de la marche des porteurs. Les deux autres hommes portaient, l'un deux bols de cuivre contenant du lait caillé et de la farine de riz, l'autre une brassée de brindilles et de feuilles sèches. Ils posèrent leurs ustensiles au bas de la première marche, seul l'homme qui portait les deux bols resta debout, n'en tenant plus qu'un seul, celui qui contenait la farine. C'était un brahme de caste inférieure, il attendait un ordre.

Ce fut le vieil ascète qui le donna en levant son bras droit vers la route.

Alors l'homme alla au milieu du Temple, entre l'autel et le bassin sacré ; à l'aide de la farine de riz il dessina sur le sol huit cercles concentriques inscrits les uns dans les autres à l'intervalle d'une coudée.

Quand cela fut terminé, sous le regard indifférent de l'accusé, le vieil ascète aveugle fut conduit dans le premier cercle et commença ses incantations au feu, à l'eau, au ciel, à l'enfer, et aux autres divinités, Couvera, Isania, Vahiavou et Ma-la-lune, le vieux brahme purifia ensuite tous les cercles avec de la fiente de vache et de l'herbe sacrée.

Pendant que se déroulaient ces préliminaires, l'accusé alla faire ses ablutions dans le bassin, sans quitter un caftan dont il avait été couvert, il en ressortit tout mouillé et vint se placer à l'entrée du premier cercle, le visage tourné vers l'occident. Le vieux brahme revint à lui, lui dit quelques paroles puis s'éloigna définitivement loin des cercles et de l'homme qui allait les parcourir.

1. Révolte des Cipayes en 1857.

2. Mode secret de correspondance. La signification est différente selon que la feuille est écornée à gauche, à doite, à la base, au sommet ou entaillée dans le centre.

Les deux hommes qui portaient la farine et le lait caillé se joignirent, ils confectionnèrent en mêlant le liquide et la farine une pâte légère dans laquelle l'accusé trempa ses mains, puis l'un des hommes qui avaient apporté le réchaud, et dont il entretenait la flamme en l'activant avec un écran de vétiver, plongea une pince dans la matière en ignition et en retira une petite barre de fer rouge qui éclaira tout autour d'elle. L'accusé tendit ses mains ouvertes, sur lesquelles l'homme posa la barre. Une petite fumée s'éleva, l'homme se mit en marche en courant et commença à parcourir le premier cercle. Au dixième pas on l'entendit grelotter, il continua sa route, entra dans le second cercle, une épouvantable odeur de chair grillée se répandit, l'homme chancela ; au moment où il allait entrer dans le troisième cercle, la barre tomba avec un bruit sourd et l'homme poussant un long et épouvantable cri s'affaissa, se tordit sur le sol. Les deux porteurs du brasier se jetèrent sur lui, restèrent une seconde baissés et se relevèrent tenant chacun le bout d'une cordelette de soie rouge, ils tirèrent dessus en maintenant à terre, avec leur pied, la tête du supplicié. Le corps étendu eut deux ou trois soubresauts et resta immobile. L'un des hommes prit avec les pinces la barre qui était passée au rouge sombre et la jeta sur le tas de brindilles qui s'alluma, puis les deux bourreaux détachèrent la corde et traînèrent le corps de l'homme étranglé jusqu'au bord du bassin, dans lequel ils firent plonger ses deux jambes. L'eau alors s'agita, l'immense dos du saurien apparut, puis ce fut son effroyable tête dont la gueule sourit et se referma sur l'une des jambes ; alors, d'un seul coup, la bête immonde entraîna sa proie encore chaude sous l'eau qui se referma et reprit sa tranquillité.

Un coup de gong retentit, la foule, sans bruit, se retira et disparut absorbée par les ténèbres.

Tout paraissait terminé, mais tout ne l'était pas ; contrairement à ce que Bonin et Georges avaient vu, les brahmes, les brahmines et les deux chefs restèrent immobiles. On entendit presque immédiatement des pas rapides, qui n'étaient pas des pas d'aveugles, et quatre Thugs apparurent portant une forme oblongue, roulée dans des châles et des mousselines, comme pour en dérober la vue. Ils la posèrent doucement à terre, et sur un ordre qui dut leur être donné, mais qu'on n'entendit pas, quatre brahmines s'avancèrent en tâtonnant, s'accroupirent et défirent les voiles, les uns après les autres : un corps de femme presque nu apparut alors mais la distance était trop grande pour que les quatre hommes penchés presque en haut de l'édifice pussent voir quelle était cette femme.

— Une brahmine coupable, pensèrent-ils, qui va expier sa faute.

Les brahmines avec des gestes précautionneux et lents des doigts, frôlèrent, étudièrent, pour ainsi dire le visage de la femme étendue, puis après un très long temps elles se relevèrent. Alors les Thugs s'emparèrent de nouveau du corps inerte et l'emportèrent, suivis cette fois de tous ceux qui étaient restés là.

Le temple retomba dans sa solennelle solitude.

Bistouret laissa s'écouler encore une minute puis :

— Nous venons d'assister à une réunion secrète de chefs thugs, la vieille secte des Etrangleurs revit à l'insu de l'autorité anglaise et fomente un formidable complot avec l'aide occulte de l'Allemagne dont on retrouve partout l'esprit de perfidie et la main traîtresse. Votre découverte, monsieur de Châteraies, vient de nous dévoiler et de nous mettre à même de faire étouffer dans l'œuf une insurrection plus terrible, peut-être, que ne fut terrible la révolte de 1857. Votre fortune est faite, et c'est l'Angleterre qui en fera les frais !

Il y eut un silence. Personne n'osa risquer cette question : — Et le trésor ?

— On descend ? demanda Bonin à voix basse.

— Oui ! Oui, descendons ! dit vivement Bistouret revenu à la situation.

Ce ne fut pas une petite affaire. Bistouret était maladroit, comme tous les gens qui n'ont jamais fait de sports, les trois hommes ne furent pas de trop pour l'amener jusqu'au sol ferme sans faire trop de bruit et Georges et Bonin leur firent parcourir, au vieux savant et à Roger, le chemin qu'ils avaient parcouru eux-mêmes, mais ce fut en vain qu'ils cherchèrent comme la première fois une seconde issue, ils ne la découvrirent pas.

Devant les coffres toujours défendus par la toile d'araignée, Bistouret joignit les mains avec une énergie telle qu'on entendit craquer ses phalanges.

— Laissons-les là, dit-il, les Anglais me les donneront.

Il avait l'air de se faire à lui-même une réflexion, mais Bonin la rétorqua :

— C'est heureux, dit-il narquois, car pour les emporter ce n'est pas une petite affaire.

Entraînés par Georges ils repassèrent près du bassin sacré ; le crocodile avait tiré sa proie hors de l'eau et la rongeait paisiblement, le passage furtif des quatre hommes ne le dérangea pas.

— Pauvre bougre, dit Bonin mélancolique, il est venu chercher une drôle de tombe.

— Peste ! interrompit Bistouret redevenu d'une humeur charmante, l'estomac d'un crocodile sacré, demi-dieu ne vous plairait pas, que vous faut-il donc ?

— Un petit jardinet à Saint-Ouen, pour voir pousser les fleurs à l'envers.

Les trois hommes étaient au pied de l'escalier en ruines et grâce aux efforts combinés des trois compagnons on arriva sans trop de peine au seuil du labyrinthe et là, poussé, tiraillé par ses compagnons, Bistouret parvint au petit bois où les trois hommes arrivèrent aussitôt après lui. En arrivant aux confins du bourg, la petite troupe dut se cacher pour laisser passer deux gros éléphants caparaçonnés et solidement escortés d'hommes à cheval qui filaient dans la nuit.

— Ce sont les chefs qui s'en vont, dit Bistouret, où vont-ils ?

— On peut les suivre, dit Bonin.

Bistouret eut un haussement d'épaules que la nuit cacha.

— Quand ils auront le libre espace devant eux, les éléphants iront avec une vitesse que les chevaux auront de la peine à suivre, car ils maintiennent longtemps une pareille allure.

Enfin, on arriva au bungalow où les trois hommes servis par Bonin firent disparaître les reliefs du dîner.

Alors le vieux savant se sentant plus en verve, la fatigue étant un peu atténuée, parla d'abondance.

Il apprit à ses auditeurs qu'en des temps immémoriaux, de certaines grandes familles avaient consacré leurs derniers-nés à l'adoration perpétuelle de Siva et que, à l'origine, ces adorateurs vivaient rigoureusement cloîtrés, mais le mariage ne leur était pas interdit, à condition que les fruits de ces unions fussent également consacrés au même culte. Les brahmes et les brahmines du temple souterrain devaient descendre de ces premiers cloîtrés, qui avaient fait souche, et au moment où le temple fut construit au Dieu de la génération, ils en avaient naturellement pris possession. Alors, de descendants en descendants, à force de vivre dans l'obscurité, à la seule clarté des lampes rituelles, les organes de la vue s'étaient insensiblement, de génération en génération, atrophiés au point de disparaître presque totalement, et désormais ce n'étaient pas même des Nyctalopes, mais de véritables aveugles qui accomplissaient dans les ténèbres du temple les diverses cérémonies du culte sivaïste.

Les trois hommes restèrent tard à écouter le vieux savant dont les récits colorés faisaient vivre sous leurs yeux ce monde étrange et mystérieux.

Le jour naissait quand les quatre hommes songèrent à aller prendre quelque repos. Georges à un moment appela Bonin, mais Bonin avait disparu.

CHAPITRE XIX

SERAIT-CE SACHNUSSEM ?

Bistouret dormit tard et, qui plus est, s'éveilla, la tête un peu lourde, les vins d'importation qui se bonifient par tout voyage en mer, n'étaient sans doute pas étrangers à ce léger malaise. A son réveil, Georges lui annonça qu'un messager avait apporté une lettre pour lui et qu'il était parti sans attendre ou solliciter de réponse.

Bistouret prit la lettre cachetée de cire sur laquelle s'imprimait un caractère sanscrit, mais la cire, un peu molle, avait envahi l'empreinte, et la lettre restait indéchiffrable. Bistouret, tenant la missive à la main, questionna le jeune homme sur la nature du messager.

— C'était, répondit celui-ci, un Indou, et très probablement l'un des Thugs que nous avons vus dans le temple souterrain, car, sous les plis de son turban, j'ai cru voir une cordelette de soie rouge.

Enfin, le vieil homme qui regardait cette lettre avec défiance, se décida à l'ouvrir. Immédiatement, dès les premières lignes, il eut l'air absolument ahuri et reprit sa lecture, comme une personne qui ne comprend pas, mais plus il avançait dans cette lecture, plus son visage prenait de la pâleur ; celle-ci, comme un masque, s'étendit et les joues du vieil homme se prirent à trembler, puis, poussant une sorte de gémissement, il s'écroula dans un fauteuil pendant que la lettre lui échappant des doigts, tombait à terre.

— Qu'avez-vous ? s'écria Georges en se précipitant vers lui, mais le vieil homme, incapable de prononcer une parole, désigna d'un doigt tremblant le papier qui gisait à terre.

Georges, l'ayant lu, fut à son tour bouleversé.

Voici ce que contenait cette missive :

« Si M. Bistouret et tous ses compagnons n'abandonnent pas immédiatement les recherches qu'ils sont venus faire ici et s'ils ne livrent pas immédiatement tout ce qu'ils savent concernant le but de leur présence à Vellove, Mlle Bistouret paiera de sa vie leur désobéissance.

« Elle est en notre pouvoir, et les mains à qui elle est confiée ne répugneraient à aucune besogne.

« Un bateau pour l'Angleterre touchera dans onze jours à Pondichéry, si M. Bistouret et ses compagnons y prennent passage, s'ils livrent au préalable les découvertes qu'ils ont pu faire, Mlle Bistouret les rejoindra à bord, le jour même du départ du bateau. Pas avant.

« Le récit des découvertes faites, les itinéraires suivis, tout ce qui peut faire continuer les recherches après le départ de M. Bistouret et de ses compagnons seront remis à un homme, un coureur indou qui se tiendra au seuil de votre bungalow pendant trois jours et trois nuits. Le pli qui lui sera remis arrivera sûrement à qui l'attend. Il sera parfaitement inutile de suivre cet homme ou de chercher à lui nuire, d'ailleurs, comme il est dit plus haut, tout ce qui sera tenté de contraire aux conditions fixées dans cet écrit, nuirait par contrecoup à Mlle Bistouret dont le régime de claustration se trouverait aggravé au fur et à mesure des tentatives qui pourraient être imprudemment faites par vous, monsieur Bistouret, ou par vos compagnons. »

Le vieil homme était atterré, sans voix, il fixait sur Georges un regard éperdu, mais il ne pouvait vraiment attendre aucun secours immédiat du jeune homme qui, comme lui, restait en proie à la plus grande et à la plus douloureuse perplexité.

Au bout d'un instant, Georges reprit assez d'empire sur lui-même pour rassembler ses idées, émettre une opinion.

— A n'en pas douter, dit-il, il y a du Sachnussem dans cette misérable lâcheté.

— Que faire, mon pauvre ami, que faire ? Ma chérie, ma chère petite, où est-elle ? Qu'en ont-ils fait, les misérables ! C'est affreux ! Cette enfant, c'est ma vie ! J'en mourrai, si je ne dois plus la revoir. Les misérables ! Ah ! les misérables !

Et le vieil homme éclata en sanglots.

Rien n'est plus émouvant que les pleurs d'un homme quand on sent derrière eux une vraie et profonde douleur ; quand cet homme est un vieillard, la chose est plus cruelle encore. Georges, très ému, se pencha vers Bistouret et lui prit une main :

— Ne vous désolez pas ainsi, je vous en prie, plus que jamais vous avez besoin de toute votre énergie, les larmes sont stériles. Dites-vous, comme je me le dis à moi-même, que Mlle Bistouret ne court actuellement aucun danger.

— Mais, s'écria le vieux savant, vous ne comprenez donc pas. Ce n'est pas seulement aux mains de ce Sachnussem qu'elle est tombée, mais entre celle des Thugs et de Kali, la déesse de la mort, entre les mains de Siva. C'est elle qu'ils ont apportée dans le temple roulée dans des mousselines. Ma fille est perdue, ils la réserveront pour un sacrifice sanglant.

« Que faire ? Mais que faire ?

— Savoir avant toute chose si réellement Mlle Bistouret a disparu de Pondichéry et dans l'affirmative comment les choses se sont passées, ceci est encore un mystère.

— Oui, oui, allons, allons vite.

— Savez-vous monter à cheval ?

— Hélas, mal.

— Alors, il nous faut attendre le train de midi... D'ailleurs, ce sera quand même le moyen le plus rapide... Si Mlle Lise a été enlevée, ce ne peut être que sans violence, de ce côté du moins, nous nous trouverons devant une quasi certitude. D'autre part, si c'est un otage et c'en est un que l'on a voulu avoir contre nous, son sort ne dépend que de notre volonté ; vous le voyez, en les raisonnant, les choses deviennent plus rassurantes et nous laissent le temps de réfléchir. Je vais prévenir Roger d'avoir à nous rejoindre ici ; Bonin, dont je ne m'explique pas l'absence, rentrera peut-être, il faut l'espérer, et à nous quatre nous pourrons prendre une résolution qui, du moins, sera discutée avec toute la somme de sang-froid qu'elle nécessite.

Bistouret allait peut-être présenter des objections qui eussent été purement sentimentales et, partant, sans valeur, quand Roger survint. En apprenant le rapt de la jeune fille, il perdit toute mesure. La violence de sa passion apparut dans toute sa brutalité ; d'un coup de poing, il fendit une table et sortit comme un fou en emportant un revolver qui traînait sur un meuble.

— Que va-t-il faire ? dit Bistouret avec épouvante.

— Chercher Sachnussem et le tuer, dit Georges avec tranquillité.

— Mais alors il tue ma fille !

— Ce serait à craindre, dit Georges, mais rassurez-vous, il ne trouvera pas l'Allemand ; je connais cette race cauteleuse, Sachnussem ne sera pas resté à portée de nos coups, son absence fait sa force. Il est comme l'araignée cachée dans la partie la plus obscure de sa toile.

Bistouret, toujours affaissé, reprit ses lamentations. Georges, immobile, les bras croisés, appuyé contre la baie du bungalow, laissait le vieillard en appeler à toutes les justices du monde, porter contre lui-même les plus graves accusations ; le jeune homme ne l'entendait pas, il songeait douloureusement que la vie lui avait été vraiment méchante et que si le destin lui eût été moins cruel, il aurait peut-être connu le bonheur d'aimer et d'être aimé, sans quoi la raison de vivre cesse d'exister.

Ces rêveries décourageantes furent brusquement interrompues par le brusque retour de Roger ; comme l'avait prévu Georges, Sachnussem avait disparu de Vellove l'avant-veille, vers le soir, emportant tous ses bagages et pour une destination inconnue.

Les deux jeunes gens quittèrent alors le vieillard. Georges allait de nouveau, devant cette situation nouvelle, adjurer son ami, mais celui-ci n'attendit pas et sortit précipitamment du bungalow.

Georges, poussant un soupir, entra chez lui et vit avec surprise Bonin, en train de faire le ménage, comme si rien n'était.

— D'où viens-tu ?

L'ancien canonnier posa un doigt sur ses lèvres et, d'un geste, montra la baie ouverte, Georges y alla. Au pied du mur, au-dessous de l'ouverture qui aérait la pièce, un Indou était accroupi, roulant dans ses doigts maigres un chapelet. C'était le coureur annoncé dans la lettre anonyme.

A son tour, Roger prit Bonin par la manche et l'entraîna au fond du jardinet où nul ne pouvait les entendre, alors Georges raconta à Bonin tout ce qui s'était passé.

— Ça, dit Bonin, c'est très malheureux ! Aussi, on n'a pas idée d'amener une jeune fille dans un pareil patelin ! Enfin, rien ne sert de récriminer, la voilà dans les sales pattes de ce boche et nous aussi.

— Et toi, dit Georges après un moment, qu'as-tu fait ?

— J'ai voulu savoir où avaient été remisés les éléphants que nous avons rencontrés cette nuit. Je me suis dit que ces éléphants n'étaient pas des bêtes pour manchons et que, là où ils étaient passés, ça devait se voir, alors j'ai cherché.

— Et tu as trouvé ?

— Tout juste. Un semblant de petit bois, pas grand, mais assez épais, bête comme tout au premier abord, mais, en l'observant de plus près, j'ai découvert que toutes les jeunes pousses, les feuilles étaient arrachées. En raisonnant, car je raisonne quelquefois aussi bien qu'un tambour, je me suis dit que toute cette dévastation devait être le fait des gentilles bestioles dont je m'inquiétais ; ceci admis, je me dis encore que ce bois était distant d'au moins un kilomètre du temple souterrain, à vue de nez, bien entendu, et que les gentilshommes qui assistaient à la petite soirée du feu n'étaient pas de ceux qui font un kilomètre à pied, sous le ciel du bon Dieu, et la nuit qui, comme chacun sait, est peuplée, dans ce pays du moins, de très méchants fantômes, donc, ces honnêtes gens venaient du temple directement et de pas très loin, à couvert. De là à supposer qu'une entrée secrète conduisant où vous savez devait exister, il n'y avait qu'un pas, mais j'ai eu beau chercher, je n'ai rien trouvé... Cependant, il y a quelque chose, j'en suis certain...

— Tu conclus ?

— Que l'autre issue secrète est dans le petit bois, qu'il faut la découvrir pour prendre l'ennemi entre deux feux.

— Oui, mais le tout est de trouver...

— Je n'ai pas fini de chercher.

— Bien entendu, mais sois d'une extrême prudence dans tes investigations, le moindre soupçon pourrait tout perdre.

— Soyez tranquille, mon lieut'nant, jusqu'ici je n'ai rien compromis et ne pense pas à le faire... Maintenant, si vous voulez que je me mette aux trousses de Sachnussem, je m'engage à le trouver et à lui casser les reins, fut-ce aux fins fonds de la Bochie.

— Garde-t'en. Nous allons de notre côté aller aux informations à Pondichéry ; pour toi, le mieux que tu puisses faire est de rester ici à surveiller cet homme et, du doigt, il désigna par-dessus son épaule l'endroit où le messager devait être encore accroupi.

Bonin esquissa un salut militaire, ce qui signifiait qu'il avait compris et comptait obéir.

Il était plus de onze heures quand Georges pensa qu'il était temps d'aller quérir Bistouret, il trouva le vieil homme un peu remis et en compagnie de Roger qui venait d'entrer.

Le vieil homme parlait déjà d'abondance, l'arrivée de Georges le fit repartir sur de nouveaux frais. Il proposait mille démarches auprès des uns ou des autres, suggérait des subterfuges, mais ne parlait nullement d'obéir aux injonctions contenues dans la lettre anonyme. Il s'arrêta tout d'un coup, démêlant dans le regard des deux jeunes gens une surprise inquiète et douloureuse, il baissa la tête, tout à coup confus, se chercha des excuses :

— Si vous saviez, dit-il, après un silence pénible, ce que nous allons mettre entre les mains de ce sacripant si nous lui obéissons... La rançon d'un roi... plus... j'aurais donné ma vie pour tenir ce que nous venions chercher, pendant seulement quarante-huit heures entre mes mains... et penser !... Non ! non, c'est impossible... Si vous saviez...

Mais il s'arrêta tout à coup, comme ne voulant pas aller plus avant dans ce qu'il allait dire. Soit volontairement, soit pour donner le change, il ramena sa pensée au sort de Lise... Cependant, j'aime, j'adore ma fillette, j'espère que vous n'en doutez pas, messieurs, c'est sur elle que j'avais reporté toute l'affection que j'avais pour ma femme, puis pour mon fils, mort en pleine jeunesse, et dont c'est la fille. C'est tout ce qui me reste de lui. Un fils qui serait aujourd'hui à mes côtés, et voici que l'enfant dont il m'a laissé la garde est entre les mains d'un bandit, d'un misérable qui connaissant mon amour pour elle me met en face de cet affreux marché : ruiner vos espérances et les miennes ou perdre mon enfant !

— Les pertes d'argent ne sont rien, dit Georges. Qui ne donnerait toute sa fortune pour détourner d'une tête chérie un danger qui la menace ?

— Oui, en effet, l'argent n'est rien... Qu'est-ce que l'argent a de commun avec ce que je cherche... Ainsi, vous deux, vous consentiriez...

— A tout, dit Georges...

— Oui, à tout, continua Roger, cependant monsieur Bistouret, je crois qu'un homme résolu, aimant Mlle Lise comme je l'aime, pourrait l'arracher aux griffes qui la tiennent. Sachnussem n'est qu'un homme et nous sommes trois. D'ailleurs, moi seul suffirai à la tâche, si vous pouvez me donner l'assurance que ce sera pour moi, pour ma vie que je risque gaiement, que sera Mlle Lise.

— Votre vie ! Votre vie ! dit le vieil homme avec comme une impatience dans la voix. Et si vous la perdez votre vie, cela me rendra-t-il ma fille ? Non, n'est-ce pas, alors, il faut envisager d'autres moyens que la violence.

— Il est midi bientôt, dit Georges.

Tous trois se hâtèrent vers la gare.

A Pondichéry, ils apprirent que Mlle Bistouret avait suivi un sourda envoyé par son grand-père, tombé gravement malade à Vellove. La jeune fille était partie à cheval jusqu'à l'endroit où elle comptait trouver un moyen de locomotion plus rapide.

C'est tout ce qu'ils recueillirent comme renseignements, mais Bistouret s'en alla, tout trottant, jusqu'à la citadelle, dont il ne ressortit que le soir vers cinq heures.

Il n'expliqua rien aux deux jeunes gens et reprit avec eux le chemin de Vellove.

En cours de route, cependant, il donna l'explication de sa longue absence, à la grande stupeur de ses deux compagnons.

Sans les conseiller, sans même savoir si cette démarche ne pouvait pas entraîner avec elle les plus terribles conséquences, il avait dénoncé aux autorités anglaises le secret du temple souterrain, les conspirations qui se fomentaient dans l'ombre et le rôle occulte joué par Sachnussem, qui, à ses yeux, devait être l'homme de confiance de l'Allemagne.

Une chose rassura les deux rivaux, c'est que le commandant suprême anglais avait résolu de ne rien laisser voir de ce qu'il venait d'apprendre et de dresser une embuscade autour du temple et dans l'intérieur de celui-ci pour saisir d'un seul coup tous les conspirateurs.

Bistouret, comme tous les timorés, n'avait vu qu'un moyen de sortir de l'affreuse situation qui lui était faite ; sans rien céder de ses espérances, ce moyen, c'était d'en référer aux autorités légales, protectrices naturelles de tous les faibles.

Ni Roger, ni Georges ne dirent un mot. D'ailleurs, qu'auraient-ils dit ? Les choses étaient faites, il n'y avait plus qu'à attendre.

La prochaine réunion de leurs assises avait été fixée par les chefs indous au dixième jour après la réunion à laquelle ils avaient secrètement assisté ; dans neuf jours, Mlle Bistouret serait délivrée ou elle serait morte.

Dès qu'ils furent de retour à Vellove, Bonin entraîna Georges au fond du jardin.

— Tu as du nouveau ? questionna le jeune homme.

— Non, mais une idée. Voilà : Je suis, plus j'y pense, absolument convaincu que l'entrée du temple est cachée dans le petit bois, je suis aussi presque certain que le Sachnussem, qui a si brusquement disparu, est caché par les Brahmes de Siva, dans le temple même. Ce qu'il faut donc, c'est découvrir l'entrée secrète, et en voici, je crois, le moyen. Que le vieux savant qui, au fond, ne me paraît pas plus dégourdi qu'un enfant, écrive une lettre en réponse à celle qu'il a reçue et qu'il la remette au fakir ou au Thug qui est là à prendre racine au pied du mur ; l'homme prend la lettre et s'en va. Bon, je ne le suis pas, car cette vermine est fine et s'en apercevrait, mais je l'attends dans le petit bois, perché sur un arbre, et si c'est là, je découvre la chose.

— L'idée n'est pas mauvaise, dit Georges, je vais la soumettre à Bistouret.

Mais celui-ci, dès le premier mot s'emporta. Lui seul avait qualité pour agir, on ne devait rien faire sans lui. A l'heure actuelle, les autorités anglaises étaient saisies, il fallait les laisser faire, car le commandant suprême anglais lui avait démontré que la vie de sa petite-fille ne risquait rien. Georges, confus, quitta le vieux savant et revit Bonin à qui il transmit les ordres qu'il venait de recevoir. Cela mit en rage l'ancien canonnier.

— Ah ! le vieux macaque ! Voulez-vous que je vous dise, mon lieutenant ? C'est un vieil avare qui ne rêve que du trésor, quant à sa petite-fille, il s'en soucie comme moi d'une guigne.

— Que veux-tu que j'fasse ? il m'est odieux comme à toi, mais je ne puis aller contre son gré ; si je le faisais et que je ne réussisse pas, je n'aurais plus qu'à disparaître.

— Entendu, mais moi, il ne m'a pas défendu d'agir, ce vieux fou, et je prends tout sur moi.

— Qu'est-ce que tu vas faire ?

— Ce que je vais faire ? Je vais mettre un mot dans une enveloppe et vous la laisserez tomber sur la tête du Turc, non, du Thug, dans une bonne petite heure, le reste me regarde.

Georges réfléchit un moment, puis :

— Fais comme tu voudras, il me serait vraiment impossible de rester inactif.

Tous deux rentrèrent dans le bungalow, Bonin rassembla toutes les notes primitivement prises et qui n'avaient trait qu'au puits de l'Aldée, puis il enferma le tout sous une enveloppe qui fut cachetée.

Bonin glissa son revolver dans sa poche, prit son large couteau et, passant par le jardin, s'en alla.

Dès qu'il se sentit seul dans la petite jungle, il accéléra le pas, car il avait conservé une allure nonchalante, celle d'un promeneur, tant qu'il estimait qu'on pouvait l'observer.

Moins d'une heure après son départ, il était huché sur la maîtresse branche d'un arbre, perdu dans les lianes et les feuilles, un peu gêné par les singes, mais prenant son mal en patience.

Bonin avait deviné juste. Bientôt, sous l'ardent soleil, il vit l'Indou qui s'avançait. Il entra hardiment dans le petit bois, gagna une clairière où le regard de Bonin pût le suivre, puis il s'arrêta. Tirant de sa ceinture une claquette de bois, il la fit retentir trois fois et se tint immobile. Un temps assez long se passa, puis un pas hésitant se fit entendre et une brahmine aveugle, tâtonnant le sol de son bâton, fit son apparition.

Sans un mot, l'homme lui mit la lettre entre les mains et, après un profond salut, s'en alla. Il était évident que cet Indou ne devait pas être initié à tous les secrets, car la brahmane prêta l'oreille au bruit de son pas décroissant, ce qui permit à Bonin de dégringoler de son arbre et de se mettre en posture de suivre la femme jusqu'où elle voudrait bien le conduire.

Quand celle-ci fut convaincue que le messager ne pouvait plus la voir, elle tourna sur elle-même et se mit en marche, ayant Bonin aux talons. Elle gagna une autre clairière envahie par les hautes fougères, un naja se dressa, puis disparut ; la femme se dirigea vers les ruines d'un petit pagotin qui dressait encore quelques colonnes vers la voûte de feuillage, elle entra dans ce qui restait de ce pagotin, se baissa et sembla chercher de la main quelque chose. Bonin avança la tête et la vit qui, avec force, poussait de côté un fût de colonne, celui-ci se déplaça, il y eut un bruit de ressort qui se déclanche, de chaînes qui grincent et une énorme dalle, située au milieu de ce qui avait été une petite salle, s'ouvrit.

La brahmine sembla s'enfoncer dans le sol. Quand elle eut disparu, la pierre, avec le même bruit, reprit sa place.

Bonin, immobile, se tenant le menton, attendit un petit quart d'heure, mais un sourire malicieux s'allumait dans ses yeux.

Quand ce quart d'heure fut écoulé et qu'il supposa que la brahmine devait être loin, il alla à la colonne, la poussa comme il l'avait vu faire ; la colonne oscilla et la pierre s'ouvrit.

La seconde issue était découverte.

CHAPITRE XX

POUR L'HONNEUR DE LA VIEILLE ANGLETERRE

Quand Bonin, satisfait de sa découverte, rejoignit le bungalow, il trouva Georges qui l'attendait, Bistouret n'était plus là ; moins de deux heures avaient suffi au vieil homme pour prendre une décision, c'est-à-dire une seconde résolution, non moins énergique que la première.

Une dépêche semblait avoir déclenché cette énergie soudaine, car c'est un peu après l'avoir reçue, qu'il annonça qu'il se rendait à Madras, sans vouloir ajouter rien de plus, et sans répondre directement aux questions qui lui étaient timidement posées par les deux compagnons.

Bonin rendit compte à Georges de la réussite de son projet, et le jeune homme y puisa quelque réconfort car, depuis la nouvelle attitude du vieux savant, il désespérait et de son amour et de la réussite des faits qui pouvaient le servir.

La nuit vint ; entraîné par Bonin, Georges le suivit jusqu'au petit bois où l'ancien canonnier fit, non sans fierté, tourner la pierre et tous deux descendirent, en pente douce, un assez large couloir uni et paraissant soigneusement entretenu. Au bout d'une centaine de pas, ce couloir aboutissait à une sorte de salle carrée, dont le centre était occupé par un énorme lingam de marbre noir, se dressant sur un socle de pierre blanche. Au delà de ce symbole, dans la muraille, trois ouvertures larges et assez hautes béaient, les deux hommes suivirent l'allée centrale et arrivèrent à un autre carrefour où venaient également aboutir les deux autres couloirs. Georges comprit immédiatement que ces deux salles servaient à sélectionner les assistants aux cérémonies secrètes, à les diviser, pour leur permettre ensuite de sortir les uns avant les autres et dans l'ordre de leur préséance.

Cette salle avait également trois ouvertures inégales : l'une, celle du centre, haute et large ; les deux autres, plus larges, mais moins hautes, ces deux dernières étaient évidemment destinées à un nombre très grand de fidèles, alors que la centrale devait être réservée aux hauts personnages. Après avoir gravi quelques marches, ils se trouvèrent dans le temple, ayant devant eux, à l'autre bout, l'autel et le bassin sacré.

Ils furent surpris de n'avoir pas découvert cette issue, mais ils en comprirent bientôt le pourquoi. Une énorme porte de pierre en défendait l'accès, et cette pierre, quand elle était en place, devait faire corps avec la muraille, où elle était emboîtée. Deux autres portes situées à droite et à gauche de celles qu'ils venaient de franchir desservaient les deux autres couloirs. En réalité, ces couloirs et ces portes dessinaient une patte d'oie.

Les deux compagnons n'eurent pas de mal à comprendre que ces portes restaient ainsi ouvertes, non par négligence, mais par nécessité. Elles servaient à aérer le temple et l'ouverture qui dominait l'escalier en ruines, ainsi que le couloir qui la desservait, servaient tous deux de cheminées d'appel. Ils furent alors certains qu'ils connaissaient les deux principaux secrets du temple, et Georges voulut, sans plus tarder, se mettre résolument à la recherche de Lise. Au mouvement qu'il fit en avant, Bonin lui posa la main sur le bras, puis, avec une autorité muette, il l'attira dans la profondeur du couloir, sur le seuil duquel ils s'étaient précédemment arrêtés :

— Ne commettons pas d'imprudence, mon lieut'nant, je vous en supplie, cette jeune fille a été certainement placée sous la garde de gens qui doivent avoir reçu des ordres sévères ; qui sait si, devant une tentative du dehors qu'ils peuvent craindre, ils ne la mettraient pas à mort ? Un peu de patience, notre heure viendra, mon lieut'nant.

— Comment veux-tu qu'ils se doutent que nous sommes ici, que nous connaissons leur secret ?

— Si ce n'est une tentative du dehors qu'ils redoutent, ils peuvent craindre que la jeune fille n'essaie elle-même de recouvrer sa liberté, le risque reste le même.

— Il m'est impossible de la savoir peut-être ici et de ne rien faire pour la délivrer.

— Oui, mais vous dites, peut-être, mon lieut'nant, vous n'êtes donc pas certain, ni moi non plus, que c'est là qu'elle se trouve. A mon avis, elle se trouve plutôt entre les pattes de Sachnussem et nous ne pourrions que compromettre les choses en commettant une imprudence.

Devant ces sages paroles, le jeune homme se rendit, et les deux compagnons regagnèrent le bungalow.

Bistouret était toujours absent, et la nuit se passa sans rien amener de nouveau. Roger ne cessa de rôder autour des deux hommes dont l'absence éveillait ses soupçons, mais il ne demanda rien et il ne lui fut rien dit.

Enfin, le lendemain, dans l'après-midi, le vieil homme rentra. Contrairement à ce que pouvait supposer ses associés, il rayonnait, mais plus que jamais il se montra discret, fermé. Georges ne crut pas devoir lui cacher tout ce qui s'était passé durant son absence. Le vieil homme se frotta les mains avec une évidente satisfaction, puis il envoya chercher Roger, et quand celui-ci fut arrivé, il annonça qu'il était décidé à livrer à qui les réclamait tous les secrets, c'est-à-dire la traduction exacte du manuscrit sanscrit, la découverte du conduit souterrain dans le puits de l'Aldée mais que, cependant, il garderait encore le secret sur l'existence du temple souterrain, décidé qu'il était à ne le divulguer qu'à la dernière extrémité. Ni Roger, ni Georges n'eurent un geste, un mot. Tous deux estimaient que le vieil Achille ne pouvait agir autrement, mais l'un et l'autre éprouvaient une sorte de malaise, à voir celui qui les avait entraînés dans cette aventure, faire, sans un mot, bon marché de leurs intérets.

— Je vais, dit Bistouret, en manière de péroraison, montrer à cet Allemand que nous sommes à deux de jeu ; pour l'instant, il est le plus fort, quand j'aurai ma fille, nous verrons. Je vais envoyer une seconde lettre, puisque celle qui a servi à M. Bonin à mettre le fakir ou le Thug en mouvement et à le faire ainsi dévoiler le secret de la seconde issue, ne saurait duper longtemps ce Sachnussem de malheur ; vous, monsieur Georges, vous irez à Pondichéry, vous retiendrez cinq passages à bord du bateau anglais, quatre de première classe, un de seconde pour cet habile garçon qui, je crois, s'appelle Bonin, et nous partirons aussitôt le bateau signalé pour Pondichéry.

Pour la première fois, les deux jeunes hommes échangèrent un regard complice. Il était tellement évident que le vieil homme jouait un double jeu, que cette fois l'antagonisme qui les séparait cessa, pour une minute, d'exister, mais, comme précédemment, ils gardèrent le silence.

— C'est terminé, messieurs, je n'ai plus rien à vous dire, que de vous prier dès aujourd'hui de prendre les passages à bord.

Ils eurent un salut muet et sortirent.

— Cet homme est un lâche, dit Roger entre ses dents.

— Non, dit Georges, c'est un grand-père.

Le soir même, alors que Georges était parti pour Pondichéry, le bruit se répandit dans Vellove que l'armée anglaise avait reçu l'ordre de commencer une série de grandes manœuvres ; en effet, le lendemain, la population fut officiellement avertie des exercices de tir qui allaient avoir lieu, ainsi que du mouvement des troupes. En réalité, il ne s'agissait que de petites manœuvres partielles, la seule chose qui aurait pu surprendre, c'est qu'elles avaient lieu à une époque inusitée, mais personne ne s'en inquiéta. Elles étaient, en tous temps, la source de bénéfices pour la population mercantile, et c'était surtout cette population-là qui faisait l'opinion publique.

Comme il l'avait dit, Bistouret envoya un

message par l'entremise du Thug silencieux qui était venu reprendre sa place au pied du bungalow. Cette seule présence disait assez que la première lettre envoyée par Bonin n'avait pas donné satisfaction à celui qui détenait Lise prisonnière, mais le vieil original semblait n'avoir plus aucune crainte, et les heures se passèrent, lentes, sans amener aucune autre complication.

Georges revint, les places qu'il allait retenir étaient disponibles, le bateau était presque vide, mais le jeune homme raconta qu'il avait la certitude d'avoir été suivi puis, comme au demeurant, cette filature ne pouvait que servir les projets de Bistouret, il n'avait rien fait pour l'éviter.

— Eh ! parbleu, vous êtes un homme adroit, dit Bistouret, mais j'ai changé d'avis, nous ne partons plus, par ce bateau du moins, je vais écrire pour décommander les passages, la lettre partira ce soir, elle arrivera demain dans la matinée, ce sera parfait.

Les deux jeunes gens furent surpris, mais le vieil homme se rencogna dans le silence et alla s'enfermer dans sa chambre. C'était d'ailleurs l'heure où il prenait un peu de repos avant de dîner.

Les manœuvres commencèrent à l'heure dite, elles se déroulaient au sud de Vellove et assez loin. Seul, le fracas du canon disait qu'elles battaient leur plein.

Le thème militaire était celui-ci : une armée envahissante prenait Vellove pour objectif de sa marche en avant, un autre corps d'armée défendait Vellove. Dès le premier jour, les troupes prirent contact, mais les assiégeants furent arrêtés devant le système de tranchées opposé par les assiégés. Le soir même, la population, que tout ce fracas militaire amusait au possible, discutait avec passion les différentes phases de la lutte et ne discutait que cela.

Le second jour, les assaillants parvinrent à tourner la place et à la prendre entre deux feux, les uns par le nord, les autres par le sud est. Les objectifs étaient ainsi, paraît-il, atteints, et les manœuvres, au moins pour le premier thème, considérées comme terminées.

On employa les troupes pendant deux jours en marches, en manœuvres sur place, puis le lieutenant-colonel qui les commandait les passa en revue ; il y eut un repos d'une journée, et les troupes regagnèrent leurs cantonnements ou casernes. Tout cela avait été fort brillant, mais ceux qui auraient soigneusement observé les choses auraient peut-être remarqué que le nombre des unités qui rentraient paraissait moins grand qu'au départ ; une centaine d'hommes manquaient d'une part, une autre centaine manquait aussi, dans le second groupe des assiégeants, tous hommes d'origine anglaise ; quant aux contingents indous cantonnés dans la forteresse de Vellove, ils étaient rentrés tous au complet.

En effet, deux petits détachements étaient restés, très bien dissimulés, à douze kilomètres de là, dans une jungle assez épaisse et assez haute pour les dissimuler parfaitement. De grandes précautions avaient été également prises, les hommes ne devaient pas allumer de feu et manger froid ; les tentes ne furent pas dressées et ordre leur fut donné de ne point s'écarter de ce cantonnement, sous aucune raison.

Tout ceci avait été fait si secrètement, que rien n'en transpira.

Dans la nuit qui précéda le dixième jour, fixé, comme on sait, par les chefs thugs, pour une seconde assemblée nocturne dans le temple, deux cavaliers, lancés à fond de train, arrivèrent à Vellove. Ils entrèrent dans la forteresse où ils laissèrent leurs montures, puis ressortirent et gagnèrent sans être vus le bungalow habité par Bistouret et les jeunes gens.

Le vieux savant avait retenu les trois autres hommes en leur disant qu'il attendait quelqu'un qui désirait les voir et, pour charmer la longueur de cette attente aussi bien que pour obéir à sa manie de grand discoureur, il entreprit, surtout pour son propre plaisir, d'initier à grands traits ses trois commensaux aux plus vieilles civilisations de l'Inde, au delà, comme en deçà du Gange.

Ses auditeurs furent un peu surpris de le voir si calme, si maître de lui, si peu soucieux, en apparence, du moins, du sort de sa petite-fille, dont, du moins, il évita de parler.

— Messieurs, dit-il à un moment, quand il eut expliqué les origines des mythes indous, ce qui nous renseigne le mieux sur ce berceau des civilisations du monde, ce sont les chants sacrés, dont les plus anciens remontent à 1500 ans avant le Christ. Parmi eux, dans l'ensemble de ce qu'on appelle Védas, deux chants ne nous sont pas parvenus, par eux, un vide interrompt la chaîne légendaire, tant que ce vide ne sera pas comblé, nous ne pourrons, nous autres savants penchés sur l'histoire du Monde, asseoir définitivement nos vérités scientifiques. Cependant, ces deux chants existent, nous en avons la certitude, mais ils restent enfouis, cachés au fond de quelque couvent bouddhique... ou.. ailleurs.

« Comprenez-vous, messieurs, quel intérêt puissant s'attacherait à cette découverte ! Mais qui la fera, quel sera l'élu qui pourra attacher cette gloire à la gloire de son nom ? Méditez bien mes paroles... Ce serait une gloire analogue à celle qui rejaillirait sur celui qui découvrirait, par exemple, l'ordre d'Hérode ordonnant la mise à mort du Christ, ou simplement la pierre gravée qui dirait le choix que fut appelé à faire le peuple juif entre le Galiléen et les deux larrons... Mais qui la fera, cette découverte ? Est-elle même possible ! Ah ! les révolutions, les invasions sans qui rien n'évolue, sont des choses cependant exécrables. L'homme n'a ni le respect des traditions, ni celui du passé... C'est le plus insensible des animaux...

Le vieillard tomba dans une rêverie mélancolique que nul n'interrompit, et les heures coulèrent, lentes, à peine coupées de quelques mots, pleines, pour l'un et l'autre des deux jeunes gens, d'une angoisse qu'ils enduraient en silence.

A onze heures, sans que rien eût fait prévoir que quelqu'un approchait du bungalow, une voix s'éleva du dehors, en même temps que le bruit d'une courte série de piétinements s'élevait, puis cessait tout à coup.

— Eteignez les lumières !

Bistouret se précipita ; au grand étonnement des témoins de son ardeur il souffla les deux photosphères qui éclairaient la pièce, puis il alla tirer le verrou de la porte ; un moment se passa, la porte tourna sur ses gonds et se referma, après un bruit étouffé de pas.

La voix de Bistouret s'éleva :

— Vous êtes là, messieurs ?

— Nous sommes là.

— Attendez une minute, je ferme le volet et je fais de la lumière.

On entendit effectivement le vieux savant fermer les volets avec soin, puis une allumette craqua et l'une des photosphères fut allumée.

Les deux cavaliers, qui avaient laissé leurs chevaux dans la citadelle, étaient debout appuyés contre la porte que l'un d'eux avait fermée.

Bistouret fit les présentations.

— Messieurs, j'ai l'honneur de vous présenter MM. Belroc, de Châteraies et Bonin, sir Archibald Bender, lieutenant-colonel au 1er régiment des fusiliers de la Reine, sir Morton, captaine au même régiment.

Les deux officiers prirent les sièges qui leur furent offerts, puis sir Archibald, après avoir allumé un cigare, ce qui lui donna le temps d'examiner les assistants, prit la parole :

— Messieurs, dit-il, dans toute aventure, l y a des aléas et des mécomptes, ceci ne saurait vous surprendre et vous avez dû y penser quand M. Bistouret vous a fait la proposition qué vous avez acceptée. Vous vous êtes certainement dit : « Nous trouverons peut-être, mais il se peut aussi que nous ne trouvions pas. » Eh bien, messieurs, vous ne trouverez pas. M. Bistouret qui m'a très loyalement exposé le but de sa venue à Vellove, m'a également confessé le subterfuge dont il s'est servi pour vous amener à faire des recherches que son âge et sa santé ne lui permettaient plus d'effectuer lui-même... L'âme des savants, messieurs, ne se juge pas, je n'ai donc pas à défendre ici le cas de M. Bistouret, mais je serai plus brutal. (Il hésita sur le mot, peut-être eût-il préféré dire franc au lieu de brutal, mais ce fut brutal qu'il employa.)

— Les trésors de Siva, continua-t-il, ont existé, et en cela, M. Bistouret ne vous a pas trompés, mais il n'existent plus. L'Angleterre, au cours de la répression de 1857, les a saisis.

— Bien sûr, dit une voix.

C'était Bonin qui acquiesçait, qui ne pouvait s'empêcher d'acquiescer.

Il y eut un temps, puis le lieutenant-colonel reprit la parole :

— M. Bistouret cherche et a sans doute trouvé, un peu grâce à vous, une chose beaucoup plus précieuse que tous les trésors périssables, parce qu'elle gardera toute sa valeur dans le temps. De tous les trésors amassés par les hommes pour satisfaire de passagères ambitions ou des désirs, celui-là seul a une réelle valeur, parce qu'il contribuera à constituer l'histoire du monde, histoire qui dure depuis sa naissance à la vie, à la raison, et qui durera autant que lui. Il s'agit, messieurs, d'un manuscrit sanscrit, pas autre chose, mais, je me hâte d'ajouter que M. Bistouret, pour reconnaître vos services et votre dévouement, fussent-ils ou non couronnés de succès, a déposé sur la tête de chacun de vous une somme importante qui vous paiera au delà de vos espérances les plus légitimes.

« Je dois ajouter, maintenant, continua le lieutenant-colonel, paraissant s'adresser particulièrement à Bonin, que, avant l'Angleterre, les rajahs avaient pour beaucoup diminué la valeur des trésors dits de Siva, en remplaçant par des fausses la majeure partie des pierres précieuses qui le constituaient ; les statues d'or sont devenues, par une transmutation contraire assez fréquente et très explicable des statues de cuivre doré ; ainsi, messieurs, alors même que vous mettriez la main sur ce qui reste de ces richesses accumulées naguère, vous n'en tireriez pas le quart de ce que M. Bistouret vous a consenti. Ceci dit, je crois, j'espère être votre interprète en affirmant à M. Bistouret que vous excusez son subterfuge et que votre dévouement pour lui reste entier ?

L'officier se tut. Il y eut un silence. Georges ne fit aucun geste, Roger ouvrit la bouche pour parler, mais la referma sans rien dire, seul, Bonin murmura un : « Et allez donc ! » qui tomba dans le silence.

— Maintenant, messieurs, continua le lieutenant-colonel, grâce surtout à votre perspicacité, nous avons pu saisir les fils d'une trame que nous allons pouvoir déjouer cette nuit même.

— Pardon, dit Bonin, tout à coup en esquissant le salut militaire, pardon, si je vous interromps, mon colonel, mais comme il me semble qu'on va causer de choses intéressantes, je dois vous prévenir qu'il y a dehors, collé comme un cloporte contre un mur, une espèce de fakir ou de Tug qui a l'oreille diablement fine.

— Il ne l'a plus, mon garçon. Si vous savez ce que c'est qu'un direct un peu bas dans le bas de la mâchoire, vous pouvez être tranquille, il a été bien servi ; il en a au moins pour deux heures avant de se demander sérieusement et de pouvoir répondre, s'il est bien le fils de sa mère.

— Mazette, fit Bonin.

— Donc, messieurs, vous connaissez deux issues conduisant au temple, nous n'ignorons pas que quelques Sivaïstes pratiquaient encore dans les ruines, mais, je l'avoue, nous étions loin de supposer tant d'importance à la chose. Depuis la fin des manœuvres qui n'ont été faites que pour donner le change, deux détachements campent dans la jungle et sont actuellement en marche vers ce temple souterrain. Je vais, sous la conduite de M. de Châteraies, prendre les rebelles par le haut, nos hommes ont toutes les cordes nécessaires pour effectuer une prompte descente, M. Bistouret nous accompagnera, MM. Belroc et Bonin conduiront le second détachement commandé par le capitaine à la seconde issue.

— Pardon, dit Bonin, esquissant toujours son salut militaire, il y a erreur !

— Comment, erreur ? dit le lieutenant-colonel.

— Oui, ou maldonne, voilà : je suis seul à connaître l'entrée du souterrain, si mon lieutenant n'est pas avec moi, il est inutile de compter sur mon zig. Nous avons fait la Somme et la Marne ensemble, c'est pas pour se quitter ici. Donc, comme on dit à Panam, y a rien d'fait pour marcher sans lui.

— Mais, fit, hautain, tout à coup, le lieutenant-colonel.

— Y a pas de mais, interrompit Bonin, toujours avec le même geste qui tempérait par son respect ce que ses paroles avaient d'irrespectueux, vous n'êtes pas mon colonel, vous, tandis que lui, c'est mon officier, et un chouette, je n'ai d'ordre à recevoir que de lui, et encore.

— Allons, Bonin, mon vieux...

— Non ! dit Bonin. Vous pouvez faire avancer le peloton et planter le poteau, je n'obéirai qu'à vous, pour vous suivre, mais pas pour autre chose.

— Eh bien ! eh bien ! fit le lieutenant-colonel qui vit que l'entêtement de l'ancien canonnier resterait irréductible, c'est très naturel, mon garçon, M. Belroc viendra avec nous et votre lieutenant ne vous quittera pas.

— Alors, ça va, dit Bonin.

— Il est onze heures, dit l'officier anglais, quand vous voudrez, messieurs.

Tous se levèrent et sortirent en silence. Bonin tint à s'assurer que le Tug était toujours là, il y était et ne paraissait pas devoir en bouger de si tôt ; cependant, Bonin prit encore la précaution de l'amarrer solidement tout en faisant ses réflexions, comme d'habitude.

— Et alors, vieux frère. c'est comme ça que tu encaisses ! Tu devrais prendre une douzaine de leçons de Carpentier, ça te servirait dans la vie.

Tout courant, Bonin rejoignit ses compagnons.

Les deux groupes d'hommes se séparèrent et disparurent dans la nuit.

CHAPITRE XXI

L'EXPÉDITION NOCTURNE

Les deux troupes, conduites par Georges et Bonin d'une part, par Bistouret et Roger d'autre part, s'étaient enfoncées dans la nuit.

Georges et Bonin, certains de ce qu'ils allaient faire, marchaient avec confiance, mais ils n'étaient pas sans inquiétude au sujet de ce que ferait l'autre troupe.

Roger connaissait à peine la route à suivre ; quand à Bistouret, mieux valait le compter comme un colis encombrant que comme quelqu'un pouvant avoir une initiative heureuse. Cet homme de rêve lâché dans l'action était, et devait être absolument dépaysé.

Mais l'heure n'était pas à de pareilles inquiétudes. L'action pour eux était commencée, il fallait la mener à bien ou être vaincus.

Georges et Bonin, conduisant le capitaine, eurent assez vite fait de gagner le bois où Bonin avait découvert, grâce au Tug, messager de Sachnussem, le secret de la seconde issue, mais là, le capitaine les entraîna plus au nord, pendant un demi-mille et, en pleine jungle, il leva à bout de bras une sorte de lampe électrique bleue qu'il alluma et éteignit trois fois.

Immédiatement, il y eut un bruit assourdi de terre foulée, d'herbes froissées, auquel succéda, bien qu'étouffée, la cadence très nette d'une troupe en marche.

En effet, sous le ciel constellé d'étoiles et duquel tombait une vague clarté, une ligne noire s'approcha peu à peu et Georges, ainsi que Bonin, reconnurent en elle un détachement important des troupes de la vieille Angleterre.

Quand cette troupe fut toute proche, elle s'arrêta et deux ou trois officiers s'en détachèrent pour venir prendre les ordres du capitaine qui n'avait pas bougé de place.

Quelques mots furent échangés à voix basse, puis la masse entière se remit en mouvement. On eût dit des ombres, tant cette marche était silencieuse et cependant leur pas était accéléré.

Vingt-cinq minutes après, cette troupe se déploya en tirailleurs et entra dans le bois.

Bonin, qui paraissait voir dans la nuit plus épaisse du bois mieux que dans la plaine, tant son cheminement était certain, allait en avant quand soudain il s'arrêta, avec un geste impérieux, auquel l'officier obéit en lançant un petit coup de sifflet modulé comme le chant d'un oiseau nocturne. Toute la troupe s'immobilisa.. L'ex-canonnier, courbé en deux, se glissa comme l'un des serpents qu'il tenait en si piètre estime, parmi les troncs d'arbres, les ronces, les lianes, avec une grande rapidité, vers l'endroit d'où le bruit qui lui avait paru suspect était né, mais, cependant, il n'était pas si préoccupé par cette inquiétude qui le faisait agir ainsi, pour qu'il ne prît garde de mettre une main sur son revolver,et l'autre sur la petite lampe électrique qui ne le quittait pas.

Il fit encore deux ou trois pas, mais malgré les précautions prises, son acheminement. pour si silencieux qu'il le fît, n'allait pas sans rompre quelques branchettes ou sans effrayer un petit animal nocturne ; il en résultait quelques bruits qui donnèrent l'éveil.

Une voix toute proche, à deux ou trois mètres, cria :

— Qui va là ?

Bonin ne répondit pas, et pour cause, la question avait été formulée en pakrit, et l'ex-artilleur ignorait non seulement cette langue, mais même son existence ; seulement, bien qu'étouffée, la voix ne lui parut pas inconnue ; et puis, que ce soit en mongol ou en pakrit, en russe, en allemand, dans n'importe quelle langue, une question brève, surtout de cette nature, est comprise de tous ceux qui ont fait la guerre, cela fit que Bonin redoubla de précautions.

Il fit un brusque crochet sur la gauche, tâtant le terrain du pied, s'y glissant sans aucun bruit, et couvrit ensuite une dizaine de pas, refit un autre crochet et, se jugeant ainsi derrière le parleur, reprit sa marche lente, mais absolument silencieuse. Georges, qui avait suivi du regard son ancien soldat, avait compris le but que poursuivait celui-ci et était resté immobile à la place qu'ils occupaient tous deux au moment où Bonin s'était éloigné pour opérer sa manœuvre, mais avant de le quitter. le Parisien avait glissé dans l'oreille de son ancien chef quelques recommandations :

— Dans dix minutes, mon lieut'nant, au plus un tout petit quart d'heure, laissez-vous tomber à genoux et cassez une brindille, enfin faites un peu de bruit, moins que rien, et puis, en levant votre bras, faites briller votre lampe une seconde, ça suffira.

Georges connaissait trop Bonin pour hésiter une minute à faire ce qu'il demandait, il promit de se conformer strictement aux ordres de son ancien artilleur.

Bonin, arrivé où il jugeait convenable de se tenir, attendit, mais peu de temps ; tout à coup, le bruit d'une brindille cassée rompit le silence. De nouveau, mais cette fois plus impérative, la voix cria :

— Qui va là ?

A ce moment, la lampe de Georges brilla et s'éteignit, mais si rapide qu'eût été cette lueur, elle fut saluée par la détonation sèche d'un coup de revolver. Cela suffit à Bonin pour se rendre compte de l'endroit exact où était le tireur, il fit très vite les deux pas nécessaires pour le joindre et, d'un saut, lui tomba dessus.

La prise était bonne, cependant le tireur essaya, d'une violente réaction, de se débarrasser, mais avant qu'il y parvînt, il reçut sur le crâne deux maîtres coups de poing qui l'assommèrent. Il chancela au premier coup, puis, au second, s'écroula.

Les arguments de Bonin étaient de ceux auxquels on ne résiste pas ; l'ancien artilleur ne le lâcha pas et l'accompagna avec tant d'intelligence qu'il se trouva à cheval sur son dos, lui maintenant la tête sur le sol avec ses deux mains.

— Par ici, mon lieutenant, dit-il assez haut pour être entendu. Faites de la lumière, je tiens le petit « n'oiseau » !

Georges le rejoignit, sa lampe allumée.

— Le gars en tient, dit Bobin, maintenant nous allons connaître son visage.

Il le retourna, l'homme n'avait pas repris connaissance, Georges dirigea sur lui le faisceau de lumière de sa lampe.

— Sachnussem !

— Je m'en doutais, dit Bonin, c'est cet excellent sac à puces, on va pouvoir causer un brin, il n'y a plus qu'un peu de patience à avoir.

— Tu as cogné trop fort, diable.

— Si on peut dire ! à peine comme pour un enfant, mais c'est mou comme une chiffe, ces gens-là !

— On nous attend.

— On nous attendra, mon lieut'nant, faut d'abord causer à ce gars ; j'vous en prie, laissez-moi faire...

Et Bonin se mit à secouer l'Allemand avec tant d'ardeur que celui-ci finit par ouvrir les yeux.

— Bonjour, dit Bonin, vous voilà revenu. Aussi, j'me disais : Comme il est pressé de nous quitter !

Sachnussem essaya d'un mouvement brusque de se débarrasser de l'ex-tirailleur, mais celui-ci s'attendait à une manifestation de ce genre, il ne fut pas surpris et tint bon, seulement il tira de sa poche son couteau et l'ouvrit.

— Monsieur Boche, dit-il, j'ai appris en 1914 ce que vous estimez la vie humaine quand elle ne vous appartient pas. A moins que rien, pas vrai, et je suis pour une fois, mais seulement en ce qui vous concerne, entièrement de votre avis. Ceci dit, pour la clarté de ce qui va suivre, je vous donne cinq minutes pour nous dire où est la jeune fille : si vous n'avez rien dit à la cinquième minute, je vous plante mon couteau dans la gorge, là, un peu au-dessous de l'oreille.

D'un mouvement brusque Bonin tourna la tête de l'Allemand et lui posa la main sur le côté de la face.

— Je ne sais pas ce que vous me voulez, dit Sachnussem dont la respiraton était rauque et halletante.

— Monsieur, dit Georges, n'oubliez pas que votre vie est entre nos mains.

— Des mains d'assassins, je crois, reprit l'Allemand soufflant avec peine.

— Possible ! gronda Bonin, mais, écoutez-moi : j'avais un ami, Casio il s'appelait, nous étions ensemble là-bas, dans la Somme, quand il reçut une balle dans la cuisse ; nous retraitions, on le laissa là, mais le soir même nous reprenions les positions perdues et je retrouvai Casio, la gorge coupée, comme je vais couper la vôtre. J'ai idée que ça lui fera plaisir, à mon pauvre Casio !

Bonin était devenu terrible, sa voix grondait de colère, mais, au fond, il y avait aussi comme un sanglot.

L'Allemand comprit que l'heure de la ruse était passée.

— Si je parle ? dit-il.

— Nous verrons ce qui nous restera à faire, en tous cas, de nous vous aurez la vie sauve.

L'homme continua, après un court moment de réflexion :

— La jeune fille est entre les mains des brahmines aveugles, je l'ai remise à des messagers mais j'ignore où elle se trouve en ce moment.

— Que faisiez-vous là ?

— J'attendais quelqu'un.

— Qui ?

— Je ne puis le dire... Ah !

Bonin venait de lui faire sentir le fil de son couteau.

— J'attendais des Indous de caste supérieure qui ne sont pas encore arrivés.

— Pourquoi ne les attendez-vous pas dans le temple où ils vont ?

— L'entrée m'en est interdite, et je ne connais pas le moyen d'y pénétrer, d'ailleurs ce serait risquer sa vie.

— Laisse-le se relever, dit Georges à Bonin, et fouille-le, je le tiens au bout de mon canon.

Sachnussem ne fut pas long à être debout, car Bonin l'y aida sans aucune aménité, et la fouille qu'il entreprit amena deux pistolets automatiques, un fort portefeuille, et une foule de papiers, il en avait dans toutes ses poches ainsi que le petit triangle mystérieux que lui, Bonin, avait trouvé à la gare.

— Maintenant, dit Georges, marchez et n'oubliez pas que si vous nous avez trompés, si vous essayez de fuir, votre vie est en danger.

L'homme ne répondit rien et se mit en marche entre Georges et Bonin qui, par précaution, le tenait par la manche. En cinq minutes ils rejoignirent le détachement anglais et remirent Sachnussem entre les mains de l'officier qui le fit garder par deux hommes, puis la petite troupe se mit en marche, guidée par les Français.

Arrivé à la pierre, Bonin la fit basculer et montra d'un geste éloquent l'ouverture du couloir pleine de ténèbres nocturnes.

L'officier lança à voix couverte un bref commandement, les hommes pénétrèrent silencieux dans le couloir, guidés par Georges et son compagnon.

CHAPITRE XXII

BISTOURET

Pendant que ce qui précède se passait dans le petit bois, Bistouret, qui se sentait une ardeur juvénile, avait, avec l'officier anglais et Roger, pris la tête du petit détachement.

— Suivez-moi, dit-il, j'irais les yeux fermés.

En cela, Bistouret n'exagérait rien, il savait voir et retenir tous les détails des lieux où il passait, et cela lui servit à conduire son monde jusqu'à l'endroit où il était possible d'accéder à la petite plate-forme, avec autant de bonheur que de certitude.

Sur les indications du savant, les hommes se laissèrent glisser sur la petite plate-forme ; cela, bien que rapide, prit cependant un certain temps.

Bistouret fut descendu comme un colis ; mais, pour l'instant, il semblait ne plus attacher aucune importance à la dignité conventionnelle de sa personne ; il avait perdu son casque en moelle de sureau, et ses cheveux blancs servaient de jouet à la brise de la nuit ; son pantalon, déchiré aux genoux, laissait voir un caleçon bleu de ciel. Qu'importaient pour lui ces contigences : une ardeur folle le brûlait intérieurement. L'idée que dans quelques heures il mettrait la main sur les deux chants ignorés des Védas réveillait toutes ses ardeurs.

Le rassemblement eut lieu sur le petit palier qui dominait l'escalier en ruines. Le temple était encore absolument désert. Le lieutenant-colonel descendit le premier à l'aide d'une corde, Bistouret lui fut envoyé par le même chemin, puis les officiers et les hommes suivirent. Le lieutenant-colonel n'avait voulu que vingt hommes avec lui, les autres restèrent dans les couloirs supérieurs, en attendant d'autres ordres.

L'officier massa ses vingt hommes dans une sorte de retrait sous l'ombre des voûtes retombantes, puis, sous la conduite du savant il entreprit l'exploration du temple.

Arrivé derrière l'autel, Bistouret voulut lui faire une petite conférence et surtout revoir les fameux coffres, mais devant la toile d'araignée, l'officier anglais, pris de dégoût, entraîna le vieil homme.

— Plus tard, monsieur Bistouret, dit-il à voix basse, retrouvons l'autre issue, ceci importe davantage pour l'instant que tous les manuscrits du monde.

Bistouret eut pour lui un regard plein de mépris, mais il obéit. Les deux hommes firent hâtivement le tour du temple, sans rien découvrir, mais tout à coup, un coup de gong lointain retentit.

Le lieutenant-colonel sir Archibald attira vivement le savant dans l'ombre épaisse d'une voûte surbaissée. Il était temps : un brahme sortit d'une cellule ; tâtonnant sur son bâton, il alla, passant près d'eux, à les frôler, jusqu'au fond de l'immense vaisseau, face à l'autel ; là, contre la muraille, il s'arrêta, cherchant parmi un fouillis de sculptures, puis il parut appuyer sur un levier ou un ressort, car la muraille se fendit en deux et deux lourds battants de pierre s'écartèrent. Le brahme allait revenir sur ses pas, quand deux soldats anglais, sortis par l'ouverture ainsi faite, se jetèrent sur lui, le terrassèrent, le bâillonnèrent, sans qu'un cri ou un bruit de lutte se fût élevé.

Sir Archibald se précipita pour se trouver face à face avec Georges et Bonin, il leur serra les mains en les remerciant brièvement et s'occupa de dissimuler le second détachement comme le premier ; il y parvint en cachant un lot de ses hommes derrière l'autel et en disséminant les autres sous l'ombre des voûtes.

Ses ordres donnés, tout le monde devait agir sur un coup de sifflet ; il se retourna, cherchant Georges et son inséparable ami, mais ceux-ci avaient disparu.

Roger, en constatant également ce fait, devint livide, ses lèvres se serrèrent et il allait s'élancer pour les suivre, quand le lieutenant-colonel le retint par le bras.

— Pour Dieu, monsieur, ne bougez pas !

— Mais...

— C'est un ordre, monsieur, ne bougez pas, il s'agit ici d'existences humaines que la moindre imprudence peut compromettre.

Roger, les poings serrés, fit un pas en arrière.

Georges, impatient de retrouver Lise, en admettant qu'elle fût dans ce temple, avait commencé ses recherches et, bien entendu, Bonin l'avait suivi.

Les deux compagnons, déjà familiarisés avec les lieux, agirent avec précaution, soulevant discrètement les portières qui fermaient les cellules. Partout ils ne virent que des brahmines aveugles se préparant à la cérémonie religieuse qui allait avoir lieu. Désespérés, ils se hâtèrent de retourner à la descente du grand escalier ruiné où ils comptaient retrouver Bistouret et Roger, mais, en passant sous une arcade pour gagner le derrière de l'autel, Georges qui marchait le premier faillit choir en avant. D'un violent rejet du corps en arrière, il rétablit son équilibre et tâtant du pied, il reconnut le vide d'un escalier descendant encore plus sous terre.

Les deux hommes s'arrêtèrent interdits. Tout à coup Georges posa la main sur le bras de Bonin ; un chant de flûte, une flûte nasillarde parvint très assourdi jusqu'à eux. Leur hésitation fut courte. Georges commença de descendre. Bonin allait allumé sa lampe mais Georges, heureusement, l'en empêcha. Ils descendirent ainsi) tâtonnant ; les parois de ce couloir étaient si rapprochées que les deux hommes les sentaient à chaque épaule.

Cet escalier, dont les marches étaient hautes, leur parut interminable.

— C'est encore une crypte, dit Georges à Bonin, il faut être très prudents : la main au revolver et la lanterne prête.

— Ça ne sent plus l'encens, dit Bonin, mais ça sent plutôt mauvais. Quelle odeur fade, écœurante...

— Oui... je n'en connais pas une autre pareille, qu'est-ce que cela peut être ?

— Je n'en sais rien, mon lieut'nant, mais faites attention, cet escalier est peut-être en ruines comme l'autre ; si nous nous cassions les deux jambes, personne ne nous découvrirait là.

Toujours guidés par le son de la flûte qui devenait plus nettement perceptible, ils prirent enfin pied sur un sol plat et continuèrent leur route. Bientôt ce couloir fit un coude brusque et dans une cavité, à vingt pas devant eux, ils entrevirent le reflet roux d'une lumière.

Les deux hommes, d'un mouvement simultané s'armèrent ; les quelques pas qui leur restaient à faire furent vite franchis, et les conduisirent devant une sorte de caveau où ce qu'il virent les plongea dans la stupeur et l'épouvante.

CHAPITRE XXIII

LE NAJA

Tout d'abord, ils eurent de la peine à renconnaître les aîtres. Le caveau était bas, carré et, dans un seul coin, une lumière tremblotait dans un vase de terre : sorte de veilleuse qui ne donnait qu'une faible lumière.

Au fond de ce caveau, où l'odeur nauséabonde qui avait déjà frappé les deux amis sévissait avec une intensité répugnante, il y avait une sorte de banc de pierre sur lequel était étendu un corps vêtu ou plutôt enveloppé de mousseline blanche.

Les deux hommes n'eurent pas une hésitation.

C'était Lise !

Ils allaient s'élancer, mais la veilleuse donnant tout à coup un peu plus de lumière, ils virent en même temps que la jeune fille avait les yeux grands ouverts, anormalement ouverts et que, dans les prunelles de ce regard de folle, il y avait une indicible épouvante, puis ils découvrirent encore que, accroupi sur une mauvaise natte, un Indou, maigre jusqu'à l'état squelettique, un fakir, soufflait dans une flûte de roseau et, devant lui, un énorme naja, l'un des plus venimeux serpents de l'Inde, qui en partie lové, dressait la tête à deux ou trois pieds de haut, et la balançait, dans un mouvement de pendule, sur le rythme du chant de flûte, défendant par sa seule présence et sous peine de mort, de faire un pas de plus.

La jeune fille paraissait ne pouvoir fuir ce spectacle qui la faisait frissonner et qui devait exercer sur elle une fascination impérieuse.

Comme ils étaient placés, les deux hommes voyaient très bien Lise qui pouvait aussi les voir, et le fakir leur tournait le dos. Georges quitta son casque pour que, le cas échéant, la jeune fille pût le reconnaître et s'offrit dans le rayonnement fumeux de la lampe rustique, mais la petite-fille de Bistouret, vraiment subjuguée, ne regardait que l'immonde bête dont l'odeur fade, écœurante, alourdissait encore l'atmosphère de la cellule. Georges leva la main pour attirer son attention, mais sans y réussir. Bonin, alors, le tira en arrière, lui fit remonter deux ou trois marches pour que le bruit des paroles, même dites à voix basse, ne fût pas entendu du fakir.

— A vous le serpent, à moi l'homme.

— Entendu.

Tous deux redescendirent après avoir armé leurs pistolets automatiques.

Mais il ne s'agissait pas seulement de tuer le serpent, il fallait aussi tuer le fakir pour arriver jusqu'au reptile, et l'important était de bien placer les balles.

Si l'on ne blessait que l'un ou l'autre, l'éveil serait donné, en tous cas la lutte serait atroce.

Le naja se déplace et bondit en avant avec la rapidité de la foudre ; de plus, son corps offre peu de surface et sa morsure ne pardonne jamais.

On aurait dit qu'un instinct obscur avait averti la bête du danger, elle s'était mise dans la position de l'attaque, c'est-à-dire prête à bondir, et le pavillon qui encadre sa tête triangulaire était déployé, signe de colère.

Les deux blancs étaient maintenant à l'ouverture du caveau, le fakir, qui leur tournait le dos, ne pouvait les voir.

Bonin et Georges levèrent leur arme, visèrent avec soin. Ce fut Bonin qui tira le premier.

Le fakir, atteint, poussa un cri et se leva, comme poussé par un ressort, juste au moment où Georges, croyant à la certitude de son tir, faisait feu.

Aux deux détonations, Lise, comme tout à coup délivrée de l'hypnose où elle était plongée, se leva en poussant un cri d'indicible horreur, puis elle se jeta à bas du banc de pierre et voulut fuir, mais, à ce moment, l'énorme naja, non atteint, se dressa, prêt à l'attaque, sa queue balaya le sol et renversa la lampe qui s'éteignit. Dans la nuit complète qui venait de se faire tout à coup, on entendit le grand corps battre le sol à coups violents, précipités.

Bonin, pris d'une terreur folle, claquait des dents, mais gardant encore heureusement un peu de présence d'esprit, il alluma la lampe.

L'infâme reptile était devant Georges, entre lui et la jeune fille inerte ; prompt comme l'éclair, le jeune homme abattit son arme et, presque à bout portant, tira. Le naja, frappé en pleine tête, oscilla, parut prêt à tomber, mais, bien que mortellement atteint, il essaya encore d'une attaque, un second coup de revolver, le jeta à terre, la colonne dorsale brisée. C'était fini, il resta là, seulement secoué par les spasmes d'une agonie qui devait durer des heures. Bonin s'était précipité sur le fakir qui allait s'enfuir, il lui sauta à la gorge, les deux hommes roulèrent sur le sol.

Georges alla à la jeune fille et la prit dans ses bras, elle était toujours sans connaissance. Sans plus s'occuper d'eux, Bonin, penché sur le fakir, dit, avec une réelle stupéfaction :

— Il est mort ! J'ai dû serrer trop fort. C'est la faute de cette sale bête !

Et, à son tour, il se releva, regardant autour de lui, il était seul.

Georges, à grandes enjambées, regagnait l'escalier où Bonin le rejoignit en courant et l'éclaira.

CHAPITRE XXIV

POUR L'HONNEUR DE LA VIEILLE ANGLETERRE

Quand les deux hommes arrivèrent sur le sol, ils tombèrent en pleine bataille, une centaine de Tugs avaient déjà pénétré dans le temple, quand l'un d'eux, découvrant un soldat anglais, donna l'alarme.

La lutte ne pouvait être longue. Pris entre trois feux, les Tugs se rendirent. Un seul des chefs, un rajah, celui, d'ailleurs, qui avait parlé à la précédente réunion, était prisonnier, le reste n'était que du menu fretin. Quelques cadavres restaient allongés sur le sol. Le bruit de la lutte avait donné l'éveil à ceux qui n'étaient pas encore entrés et qui gagnèrent la jungle où les soldats anglais les poursuivaient

Bistouret, sitôt l'échaffourée terminée, s'était éclipsé.

Son seul désir était de revoir, et sa fille, et les coffres, mais ce fut vers ceux-ci qu'il se dirigea tout d'abord, car, selon lui, ils devaient contenir les deux chants disparus de l'ensemble des Végas, et il se disait, à part lui, que Georges ou Roger sauraient la retrouver.

Il trotta derrière l'autel et sans souci de la toile d'araignée qu'il rompit, il pénétra, ou du moins, il tenta de pénétrer dans le réduit où s'allongeaient les coffres, mais une ombre noire se leva derrière lui, et, poussant un grand cri, le bonhomme s'abattit, les bras en croix.

C'était un fanatique qui venait de le frapper entre les deux épaules, d'un coup de poignard.

Le cri du vieil homme donna l'éveil au moment même où Georges et Bonin apportaient Lise évanouie ; au moment où ils la posaient sur le divan de l'une des cellules, on apportait Bistouret.

Roger, condamné à l'inaction, par la volonté de l'officier anglais, était là, rongeant son frein.

Le vieillard n'avait pas perdu connaissance. Tout de suite, il s'inquiéta de Lise.

— Elle est ici, dit Georges, évanouie.

— Mettez-moi près d'elle.

Quand il y fut, Bistouret prit la main de son enfant, et, par ce geste, par la douceur qu'il y mit, apparut vraiment toute la tendresse qu'il portait au fond de son vieux cœur pour sa petite-fille.

— Monsieur de Châteraies, dit-il, je vous la confie... pour la vie...

Roger qui, muet, assistait à cette scène, eut un mouvement de rage.

— Tenez-vous en repos, dit sir Archibald, penché sur le moribond, vous n'êtes peut-être pas blessé à mort.

— Oh ! si... si... je le sens... mais ouvrez les coffres, je vous en prie, ouvrez les coffres.

— Oui ! vous allez être satisfait ! reprit sir Archibald qui donna des ordres rapides, puis le docteur s'approcha de Bistouret et examina sa blessure, il y avait d'autant moins à faire que l'arme devait être empoisonnée ; il se contenta d'appliquer un pansement qui arrêta la perte de sang, puis il porta ses soins à la jeune fille qui, peu à peu, reprit connaissance.

Roger s'était avancé vers Bistouret.

— Et à moi, monsieur, ne me direz-vous rien ? Ne me croyez-vous pas digne de veiller sur votre fille ? J'ai moins réussi que les autres, c'est possible, mais cela n'a rien à voir à la minute présente.

— Merci, monsieur, si, je vous crois digne de veiller sur Lise, mais je ne vous crois pas capable de la rendre heureuse, du reste, elle dira son avis.

La jeune fille venait de renaître à la vie, en voyant son grand-père étendu, elle faillit avoir une nouvelle syncope, mais, avec une énergie qui pouvait surprendre, elle alla au vieillard, dont elle prit la tête dans ses bras.

— Ne me remue pas trop, mon enfant, je suis blessé, peu gravement, mais... cela me fait mal et j'ai la respiration courte... Monsieur de Châteraies, avancez, vous aussi, monsieur Belroc... Fillette, s'il m'arrivait malheur, M. de Châteraies... Tais-toi, il ne faut pas m'interrompre, M. de Châteraies te servirait de protecteur. Préfères-tu que ce soit son ami, M. Belroc ?

La jeune fille eut un sanglot :

— Je ferai comme il vous plaira, grand-père !

— Non, je ne l'entends pas ainsi, c'est à toi désormais de fixer ta vie... Lequel veux-tu pour te soutenir, te défendre et t'aimer ?

La jeune fille posa doucement sa tête sur l'épaule du moribond et murmura :

— Celui qui m'a sauvé la vie, père !

— Ce sera donc M. de Châteraies. Messieurs, continua le vieux savant, j'ai déposé sur vos têtes une somme de cent mille francs. M. Bonin n'était pas prévu, mais je le recommande à Lise, c'est un brave homme. Tu entends, fillette ?

— Oui, grand-père... C'est atroce, murmura la jeune fille dont les sanglots redoublaient.

— C'est bien, maintenant, laissez-moi, j'ai besoin de repos.

La tête posée sur la poitrine de son enfant, le vieillard ferma les yeux.

Pendant ceci, le temple avait été vidé, les soldats anglais cueillaient les fuyards dans la jungle.

Une demi-heure après, alors que sir Archibald et Georges agitaient la question du transport de Bistouret, celui-ci ouvrit les yeux.

— Et les coffres ? Telle fut sa première parole.

— Les voici, ils ont été forcés. Apportez, commanda sir Archibald.

Quatre soldats saisirent le premier coffre et l'apportèrent péniblement auprès du blessé qui y plongea la main. Il la retira fermée, pleine de perles, de diamants, de pierres précieuses, mais, hélas, il n'y avait pas encore un seul manuscrit. Il en fut ainsi de tous les autres. Le vieillard suait à grosses gouttes jusqu'au dernier coffre, dont sa main fiévreuse retira enfin toute liasse de gros manuscrits reliés par des cordons de soie et des planchettes. Il les prit fiévreusement et les porta à ses yeux, mais déjà, ceux-ci étaient pleins des ombres de la mort.

— Ce sont eux ! dit-il, ce sont eux !

Sa bouche eut un sourire et un hoquet, il murmura encore :

— Je les ai, je meurs heureux !

Puis, sa tête se renversa. Il était mort, mais un sourire illuminait son regard figé.

L'officier anglais avait pris le manuscrit, il y jeta les yeux.

— C'est, dit-il, l'inventaire de ce que contiennent les coffres.

— L'Angleterre n'a donc pas tout pris, murmura Bonin.

Ainsi mourut Achille Bistouret, emportant dans la tombe sa dernière illusion.

ÉPILOGUE

Une année s'est passée.

Bien des deuils se sont atténués, bien des rancunes éteintes ; seul, Roger avait gardé la sienne.

Le mariage de Georges et de Lise l'a chassé de Paris, il est allé à Monte-Carlo où le jeu lui a pris sa part de butin recueilli dans le temple indou. Il a liquidé sa situation en se faisant sauter la cervelle.

Bonin qui, décidément, se déclare prêt à tout faire, a demandé à Georges de gérer la grande propriété que Lise, riche de deux millions, a achetée en Touraine pour y blottir son bonheur et Bonin s'acquitte à merveille de ses fonctions.

Quant à Sachnussem, retenu en prison, on l'y a trouvé pendu, dans des circonstances un peu bien extraordinaires.

Pour l'instant, l'Inde est tranquille. L'Angleterre aussi.

FIN

Le prochain volume des **ROMANS D'AVENTURES,**
qui paraîtra le 1er octobre, aura pour titre :

LES ÉCUMEURS DE LA BROUSSE

Par H.-R. WOESTYN

N'OUBLIEZ PAS DE L'ACHETER.

Nos lecteurs en trouveront le début à la dernière page.

LES ÉCUMEURS DE LA BROUSSE

Par H.-R. WOESTYN

PREMIÈRE PARTIE

L'HOMME A LA CAGOULE

CHAPITRE PREMIER

OU WILLIAM JACKSON PEUT S'ESTIMER HEUREUX D'AVOIR UNE NIÈCE

Dans un grand bruit de ferraille rouillée qui accompagnait le brinqueballement de la lourde guimbarde, la diligence s'arrêta au milieu d'un nuage de poussière soulevé sur la route poudreuse.

C'était la patache qui assurait le service postal, convoyant les voyageurs aussi, entre Brookdale et Golden-City, et comme à l'habitude elle relayait au *Coup-du-Milieu*, l'auberge que tenait Sam Belmore, à mi-chemin du trajet.

De rude allure, mais d'abord jovial, dans son bedonnant embonpoint, Sam, du seuil de la porte, souhaita un cordial bonjour à Teddy Monroe, le courrier de la malle, tandis que ce dernier, jetant les guides à un valet d'écurie, sautait lourdement de son siège à terre.

Les deux hommes eurent un solide shakehand et Sam se portant déjà au-devant des voyageurs qu'il espérait être clients de passage, Teddy, robuste rouquin qu'à son rude accent on devinait être un Irlandais, lui annonça avec un gros rire et tout en s'épongeant le front :

— Y a pas gras aujourd'hui, Sammy. Deux particuliers seulement dans mon four crématoire !

Et de fait, deux voyageurs, pas davantage, — un homme que suivait une toute jeune fille — sortaient à ce moment du lourd véhicule, heureux de respirer un peu l'air du dehors.

Le premier, tout rasé, haut en couleurs, laissait deviner, par l'ensemble de sa personne autant que par sa mise, une situation aisée, sinon la grande fortune. Quant à sa compagne, qui n'avait guère plus de vingt ans, sans être d'une beauté remarquable, elle avait des traits qui savaient retenir le regard par leur charme et des formes souples dont l'allure dégagée révélait un corps exercé à tous les sports.

— Par ici, fit le patron du *Coup-du-Milieu*, en les invitant à le suivre.

Et, tous trois parvenus au seuil de la maison, il s'effaça pour les laisser entrer et ajouta :

— Nous avons un lunch froid tout préparé. Il n'y a qu'à se mettre à table. On a tout le temps de manger, d'ailleurs. Vous ne partirez pas avant une demi-heure. Il faut ça pour relayer.

Les deux voyageurs, du reste — proches parents sans doute, à voir l'un s'appuyer amicalement sur le bras de l'autre — ne se faisaient pas prier et pénétraient déjà dans la petite pièce attenante au bar et qui servait de salle à manger.

Sam, les confiant aux soins d'une accorte servante, était passé derrière son comptoir d'où il s'adressait au courrier avec cette invite :

— Et toi, Teddy, qu'est-ce que je vais t'offrir ? Un coup de whisky, comme à l'ordinaire ?

Mais, contre toute attente, Monroe eut un hochement négatif de la tête, en déclinant l'offre bien tentante pourtant.

Sam n'en revenait pas. Il dut même regarder le courrier à deux fois pour s'assurer qu'il refusait bien réellement de se rafraîchir.

Son étonnement même fut tel qu'il ne put s'empêcher de lui dire :

— Tu n'es pas malade au moins ? T'as l'air tout chose, mon pauvre Teddy. Un coup de soleil peut-être ?

Sans répondre directement, le courrier fixa le patron de ses gros yeux sur lesquels se fronçaient d'épais sourcils broussailleux et, le regardant bien attentivement à son tour, il baissa la voix pour lui demander à brûle-pourpoint :

— Dis-moi, Sam, crois-tu aux esprits ?

Belmore, à ces mots, eut un brusque sursaut, tant la question lui paraissait baroque.

Il finit pourtant par répondre en risquant un vague sourire :

— Si c'est un calembour que tu veux faire là, mon garçon, je te dirai qu'en fait d'esprit, je ne m'occupe guère que d'esprit-de-vin...

— Je ne plaisante pas, interrompit Teddy, qui ne se départait pas de son sérieux.

— En ce cas, se rebiffa Belmore, tu veux insinuer par là que je peux parfois boire un coup de trop et avoir des visions ? Merci du compliment !...

(*A suivre.*)

4269. — Imprimerie Charaire à Sceaux. — 8-25.

www.ingramcontent.com/pod-product-compliance
Ingram Content Group UK Ltd.
Pitfield, Milton Keynes, MK11 3LW, UK
UKHW020258220726
13923UKWH00002B/962

9 782329 089638